KB137057

쓸쓸한 은유

쓸쓸한
은유

이동희 시집

바밀리온

□ 머리말

아홉 번째 시집을 묶는다.

2011년 여섯 번째 시집 『하이델베르크의 술통』은
열흘 남짓 유럽 여섯 나라를 주마간산走馬看山하고
여진처럼 남은 잔영을 묶었다.

2013년에 묶은 일곱 번째 시집 『뜻밖의 봄』은
2011, 12, 13년에 쓴 시 147편을 모아 270쪽짜리,
시집답지 않은 목침시집을 묶어냈다.

2014, 15년에 여문 시를 묶어 여덟 번째 시집
『차가운 그림 문자』를 2016년에 냈다.

그러니까, 이번 아홉 번째 시집 『쓸쓸한 은유』는
2016년부터 2020년까지 5년 동안 영근 시를 묶다 보니.
역시 시집답지 않은 벽돌시집이 되었다.

시집 내는 일이 참 쓸쓸한 일이 되었으되
지울 수 없고 버릴 수 없는 피붙이처럼
내 시문학의 가승보家承譜를 엮는 심정이다.

아홉 번째 시집을 묶는 이유다.

2021년 한여름
油然 이동희

목차

● 머리말 _ 5
● 해설, 『치열한 삶의 시적 성찰』 허형만 (목포대 명예교수) _ 213

2016_ 실연 박물관

즐거운 난독증_ 13

장터국밥_ 14

맹인의 등불_ 16

살벌_ 18

아내의 남자_ 20

책부자_ 21

네, 오빠~!_ 22

봄날_ 24

봄바람_ 26

손수레_ 27

난민_ 28

맨손어부_ 30

들깨씨앗을 심다_ 32

어떤 산책_ 34

물이 새는 달빛_ 35

실연박물관_ 36

일본, 일본인_ 38

행복-해피 메이커_ 40

지상의 뜀박질_ 42

시인_ 44

더러운 무기_ 46

오늘 스크랩_ 47

친애하는 적에게_ 48

시는 쓰는 방법_ 49

광고_ 50

바다를 밀어 올리는 바람_ 51

발명하지 말라_ 52

덜 떨어진 놈_ 54

집부수기_ 55

정물가을_ 56

가을비_ 57

쓸쓸한 은유_ 58

누명_ 59

세월의 맛_ 60

꽃게_ 62

과일가게 아저씨_ 63

고모똥_ 64

흐린 날_ 65

오징어_ 66

고택古宅-내 몸에게_ 68

말씨_ 69

2017_ 눈이 내린답니다!

변산바람꽃_ 72

연습_ 74

치표置標_ 76

내 마음을 당신께 바친다는 것_ 77

봄, 네 번 접힌 풍경_ 78

야단법석野壇法席_ 80

꽃을 권함_ 82

황사 흐린 봄날_ 84

가마꾼_ 85

시를 쓴다는 것_ 86

시를 기다리면서_ 88

궁금하지 않다-연가 1_ 89

가뭄-연가 2_ 90

마른장마-연가 3_ 91

착한 가짜 뉴스-연가 4_ 92

득실得失-연가 5_ 93

문門 2-연가 6_ 94

단풍나무를 배경으로 사진을 찍다_
연가 7_ 95

쉬운 남자-연가 8_ 96

작은 음악회-연가 9_ 98

물방울_연가 10_ 99

고백연습-연가 11_ 100

참치잡이를 표절하다-연가 12_ 101

철딱서니-연가 13_ 102

참치인생-연가 14_ 104

냄새를 읽다-연가 15_ 106

가을삽목_연가 16_ 107

음악으로 피운 꽃_연가 17_ 108

젊은 노을-연가 18_ 110

어떤 선물-연가 19_ 112

눈이 내린답니다-연가 20_ 114

2018_ 칼국수와 수제비

한 우물_ 119
토마토주스_ 120
숨구멍_ 122
봄눈_ 123
춘포春砲_ 124
별자리_ 125
어떤 자서전_ 126
그리움이라는 것_ 128
유목양봉遊牧養蜂_ 130
봄비는 죽으라고_ 131
열 세 악기의 교향곡_ 132

칼국수와 수제비_ 134
공항에서-내 가난한 시 1_ 136
일기-내 가난한 시 2_ 138
외신-내 가난한 시 3_ 140
장맛비 설명문_내 가난한 시 4_ 142
녹음천지-내 가난한 시 5_ 144
긴꼬리딱새-내 가난한 시 6_ 146
복날과 삼계탕-내 가난한 시 7_ 148
채송화, 꽃피는 여름-내 가난한 시 8_149
밀행보살-내 가난한 시 9_ 150
살찐 불안_내 가난한 시 10_ 152

2019_ 훼손도서전시회

스타게이트_ 157
내 안에 누군가를 둔다는 것_ 158
매일 출가하는 꽃_ 160
새, 사진에 담다_ 162
궁색한 꽃말_ 164
조명탑수리공_ 165

어디쯤 봄이 왔을까_ 166
어렴풋한 봄날_ 168
오염된 시간_ 169
훼손도서전시회_ 170
트러플 탐지견_ 172

2020_ 금지된 벗꽃

도반道伴_ 175

아침신문_ 176

금지된 벗꽃_ 낙화유수 1_ 177

목련꽃 편지_ 낙화유수 2_ 178

유채꽃 비명_ 낙화유수 3_ 179

중독증상_ 낙화유수 4_ 180

즐거운 어용_ 낙화유수 5_ 182

춘풍낙엽_ 낙화유수 6_ 184

하늘캔버스_ 186

시를 읽는 당신_ 187

철학하는 꽃_ 188

용기와 허새鳥_ 189

심연深淵_ 1 90

비에 젖는 숲_ 192

내 안의 무주구천동_ 193

내 말_ 194

캣맘_ 196

밤길_ 197

공놀이_ 198

소설읽기_ 199

공원의 하루_ 200

시력 검사_ 202

시를 위하여_ 204

걸어가는 말_ 205

별똥별流星雨_ 206

거리의 미술관_ 208

민간 어원설 2_ 210

2016_실연 박물관

즐거운 난독증 難讀症

무녀도교회 벽에 이렇게 쓰여 있다
하나님은 무녀도를 사랑하십니다!

중국인들 집 벽에는 福자가 거꾸로 쓰여 있다
하늘에 계신 분 읽기 좋으시라고

그분이시라면
즐겨 잘못 읽으실 것이다

하느님은 무녀도 사랑하십니다!

장터국밥

한 겨울
지리산 가슴팍을 돌아 나오느라
귀를 잃었다면
구례장터 국밥집에 들러볼 일이다
왕소금처럼 성긴 눈발이
얼어붙은 생선좌판에 뿌려지듯이
펄펄 끓는 돼지국밥 뚝배기에
아~ 좋다, 겨울눈발이 좋다~!
해싸며 간을 맞출 일이다
나는 왜 너처럼
저 시린 겨울장터에 좌판을 차리지 못하는가
왜 귀를 잃고 생채기마다
뜨거운 국밥 김을 쐬려 하는가
묻지 않는 방법으로 물어보라
그럴 때마다 혀는 데이지 않게
차가운 소주로 살살 달래가며
우리가 차린 시의 좌판,
그 성긴 차림표에 울컥하는 순간마다
목넘김 부드러운 19도5분에
나를 팔아보라, 물어보라
내 육신을 녹이느라 들어오는 것들이
그냥 눈발을 덮어쓰는 것이 아니다

아니다, 아니어야 한다
단 한 순간의 눈발도
단 한 숟가락에 얹힌 비계도
희생 아닌 것이 없음을
하얀 국물처럼 순교 아닌 것이 없음을
구례 겨울장터에 내리는 눈보라
더운 국밥 김 속에서 어른거린다, 매운 연기처럼…

맹인의 등불

아버지, 다섯 살 아들에게
당신의 얼굴 기억나지 않게 감추신 것

어머니, 울 엄마께서 열세 살
아들 버리고 고산 남봉리 산자락에 자리 잡으신 것

모두가 당신의 슬픔으로만 알았다
떠나가신 당신의 비가로만 들렸다, 그러다가

어느 날 못된 나라로만 알고 있는
바다 건너온 속담조가비 하나를 바닷가에서 주워
귀에 대니 빛이 풍기는 바닷소리 들렸다

　애비가 자식에게 몸으로 보여 줄
　단 하나의 가르침, 그것은 바로
　자식보다 얼른 먼저 죽어주는 것, 이란 해괴한 貝殼

맹인이 밤길 등불을 들고 걸어가는 것*
~처럼, 당신께서는
이리 덜 된 아들에게 바닷소리 담은 조가비
남겨두고 저리 먼저 얼른 가신 것일까

[그리고 보면] 슬픔은 누구나의 것이 아니다
빛의 소리를 듣지 못하는 아들에게만
어둠은 늘 서글픈 고동소리일 뿐이다.

*한상복「배려」에서

살벌

다섯 살 일곱 살 열 살짜리 세 공주를 솔거하고
지아비일터 따라 중국살이 간 며느리가
울면서 전화한다,
훌쩍이면서 질겁한다
거실에 왕王바퀴벌레가 출격했어요
끼야~ㄱ~!
네 여자가 이 구석 저 구석으로 우르르 몰려다닌다 했다

나는 때마침,
야산에 몰래 제 손으로 저를 묻었다는
바퀴벌레 주검처럼 버려져 묻혔다는
욕실 빨랫감처럼 축 늘어져 묻었다는
뻗친 신경질로 여린 울음을 내던졌다는

[이럴때마다끔찍이란관전평으로나를용서하는짐승이내안에있
었다니]

파리채로 여름파리를 잡으며
성불하소서!
염불하던 화암사 주지스님 얼굴이 떠오른 것도 그 때였다

웃음뿐인 삼부요인 얼굴에서도

웃음 잃은 재래시장 좌판에서도
책상머리 화풀이하는 군주에게서도
슬픔으로 침묵하는 군중들 얼굴에서도

평화는 언제나 평화 아닌 것을 먹고 사는
나날, 돌아갈 수 없어 두려운 나날

아내의 남자

요즘 아내는 남자 맛으로 산다
쓸어주고 닦아주는 남자 재미로 산다

　지그재그청소를 시작하겠습니다
　청소가 끝나면 워시통을 비워주세요
　~
　청소를 마쳤습니다
　충전대를 찾지 못하여 처음의 위치로 복귀했어요

이세돌이 알파고에게 연일 참패하는 날도 그랬다

인공지능을 장착하지 못한 허수아비
외아들 허수마저 남의 나라로 떠나보낸, 아비는
영락없이 외간남자 눈치나 보다
던져진 바둑돌

책부자

들판이 걸어와서, 산등이 넘어와서, 호수가 건너와서
내 앞에 펼쳐진,
저 푸르고 향기로워 오래된 전원

걸을 때마다
넘길 때마다
건널 때마다
침샘에 고이는 푸르고 달콤한 남녘의 맛
봄은 책이다

잎을 피워 나를 만들고
줄기를 벋어 나를 세우고
열매로 떨어져 나를 지우고
잠들기 위해 깨어 있는 낮처럼
일어나기 위해 서 있는 동녘처럼
나는 한 그루 책이다

여름 이랑이 노동을 키웠듯이
가을 강물이 무지개를 비췄듯이
겨울이 무딘 바람에 뼈를 심었듯이
다시 영원히 돌아오고야 말
나는 니의 봄이다

네, 오빠~!

열 살 첫째와 일곱 살 둘째손녀
호롱등잔 눈빛으로
네 살짜리 막내손녀 막무가내 好學에 토끼 눈이다
할아버지 부름에 서슴없이
네, 오빠~!
야무지게 발음하는 불학무식한 유치원청강생
아, 이놈 봐라
제 어미가 죄송으로 얼굴 빨개지고
제 할미가 자업자득이 아니겠느냐며,
수염 뽑힌 영감에게 실실웃음을 흘린다
더러 콧물 빠친 음식도 먹어보고
가끔 경주에서 퇴역한 老馬 노릇도 하였다만
단 한 마디로
가는 흑발 잡아주는 눈웃음
오는 백발 막아주는 눈별빛
아, 이놈 봐라
李朗아~!
네, 오빠~!
그래라, 제발 그래다오
불학이야 배우면 되지만
무식이야 채우면 되지만
한 번 가면 다시 오지 않는 빠른 청춘을

너 말고,
또 누가 나에게 되찾아줄 수 있겠느냐
그렇지, 이랑아?
네, 오빠~!

봄날

꽃이 봄에만 피는 것은 아니다
늙은 나무에도 새는 날아든다
그런 날을 골라 세내三川 길에 나서본다

어디나 천국이어서 무릉도원을 알지 못하는
극락조는
꽃비가 내릴지라도 우산을 챙겨 들지 않는다

사람은 좀처럼 생각하지 않는다 인간이 생각하는 것은 의욕 때
문이 아니라 차라리 쇼크 때문이다*

강물 따라 펼쳐진 봄날극장 하늘스크린에
비극을 올리자, 꽃비가 내린다
이것은 결코 약하지 않은 쇼크다, 찰나다, 순간이다

사람은 좀처럼 꽃길에 서지 않는다 잠깐 반짝이는 봄, 날아가
는 화살의 꽁무니를 따라갈 뿐이다

길동무의 발길에 차이는
극락조의 데커레이션만 남는 나날들, 의무감으로 사는 날들
비극에게 봄날을 더하자마자
앞길에 흩날리는 꽃잎, 꽃잎, 꽃잎 … …

극락조가 되기에 아주 쉬운 날

꽃비 오는 날, 세내길 흐르는 물길 위에
연분홍 새집을 차리고 본다,
일단 흐르고 본다

*질 들뢰즈(Gilles Deleuze.프랑스.1925~1995)의 『인간은 언제부터 지루했을까』에서

봄바람

한 할미꽃이 세내길 봄볕에 앉아 총각쑥을 뜯는다.

또 한 할미꽃이 지나다가, 비닐봉다리 하나 드릴까요?

환~ 하게 서로 서로 피고 지는 봄바람그루터기들……

춘심이 담을 비닐봉다리, 저도 하나 주시구려!

손수레

우리네 도시 광속이 질주하는 도로에도

제 몸의 몇 십 배나 되는

나뭇잎 물고 가는 가위개미가 산다

지구쇠똥 굴려가는 쇠똥구리도 산다

버섯을 재배해 먹이를 농사짓는 가위개미처럼

지구를 끌어가 자연을 청소하는 쇠똥구리처럼

잘라낸 나뭇잎과 뒹구는 쇠똥을

물고 끌고 굴려가서는

제 몸을 허물어 가난마저 재배하는지…

난민 難民

이따금 음식점 벽면에 걸린 무리그림이 있다 백학도 백마도 백
어도… 한 장의 그림에 백 마리의 학을 말을 물고기를 그렸다
는 그림에서 할 일 없이 바쁜 나는 밥이 나오는 동안 백 마리의
표정을 눈빛을 얼굴을 세곤 했다 그럴 때마다 단 하나도 같은
그림이 없어 돈을 샀노라고 식당 주인은 강력하게 증언하기를
마다하지 않았다.

지중해 갈맷빛 바다에 하얀 궁전이 출렁거린다
[잠시 폿대 끝에 넘실대는 상속녀의 백만 불짜리 하얀 요트는
지우시라]
이 가볍지만 무거운 하얀 궁전에는
백 개의 검은 얼굴과 이백 개 흑백의 눈빛과 하얀 이빨들이
단 하나의 방향을 가지고 동승했을 뿐이다

흑백사진에서 슬픔이나 분노를 탈색하고 나면
남는 건 흐릿한 시간뿐이듯
칼라가 흑백보다 잔인하거나 슬플 때가 있다
감출 수 있는 절망마저 잡아내는 寫眞이라는 이름의 群圖

흐릿하게 남아 있는 감정船을 타고
나는 나의 지중해를 건넌다, 나 역시 난민이 아니던가
유명한 무명시인이라는 전라도개땅쇠라는
팔불출 백면서생이라는 겨우 노잣돈 챙긴 얇은 주머니라는

그래도 우리는 달아날 하얀 궁전 대신
벽에 걸어두고 보아야 할 낡아가는 시간 위에
백 마리의 말을 걸어둘 줄 안다, 볼 줄도

백 마리를 담은 군도에서도 단 한 장의 방향으로
찾아가고야마는 말을 타고
나 역시 나의 나라로 가게 될 것이다, 영원한 난민으로

맨손어부

새만금 방조제를 벗어난 해변에서
풋내기 어부가 어업을 한다
고동을 줍기도 하고
독방*에 갇힌 미련퉁이 숭어도 줍는다
[우리 역시 독방에 갇힌 미련퉁이!]
돌팍을 들추자 미처 달아나지 못한
새끼소라도 수인사 하느라 호들갑이고
목욕재계한 톳이 해바라기하며 반기다
맨손어부에게도 생명보상금이 지급되었을 것이란
발설[비밀 아닌 비밀]에
赤手空拳에게도 입에 풀칠은 하게 했다는,
신세계의 문은 항상 열려 있다는 말로 돌려든다
호모사피엔스 Homo sapiens가 맨손이다가
호모파베르Homo faber가 되어 물길을 막을 때
저 억겁의 노동을 노동으로 막을 때
바다는 분노마저 침묵하듯 파도만 쳤으리라
아슬아슬 시간의 바윗등을 타고 넘는 동안
썰물이 밀물로 돌아오는 동안
몇 겁을 지나야 다시 그럴 수 있을까
먼 수평선을 바라보며 한 숨 짓다
그럴 때 누군가가 신음처럼 내뱉는다
가장 뜨거운 해넘이는 역시

가장 뜨거운 해돋이란 듯이
바닷가 메아리가 되어 귓전을 때린다

바닷가에 살면 굶어죽지는 않는다

*독방어업: 썰물 때 물웅덩이에 갇힌 물고기를 잡는 방법

들깨씨앗을 심다

서녘의 시인을 만나고 있었다
無를 찾는 일은, 꽃나무를 잊어버리는 일,*
바로 그 대목에서
서녘에서 편지가 날아왔다는 집배원의 종소리가 울렸다
마음 가득 펼치자 구수한 들깨 냄새가
내 머리에 가득 들어찼다

잠깐―,

어떻게 파란냄새가 머리까지 들어갈 수 있을가, 가 가 가,
[~까, 하지 않고 미당을 따라 ~가, 하니]
끠 끠 끠 끠 끠 ·················
무수한 무들이 넘사벽을 아무렇지도 않게
넘어가 너머에 너무도 많았다

해마다 잡곡상에서 딱 한 줌 얻어다
울타리 밑에 흩뿌려놓는다는, 서녘편지는
행간마다 돋아난 구수한 새싹들로 파랗다

딱―,

이 한 줌이 이룰 파란 세상
그 안에 넘어 들어갈 수 있을가,

그 안에 피를 심어 푸르게 가꿀 수 있을가

머리에서 집배원의 종소리가 들렸다,
들깨씨앗을 심었다 종소리가 울렸다.

*서정주의 시 「무無의 의미」에서

어떤 산책

바닷가를 입으면
늘 출렁이느라 바닷새 날개가 따로 없다
산길, 편백나무 숲에 들면
가슴 허무는 딱따구리 직언이 되거나
노상 십팔번으로 녹음을 켜대느라
목이 쉰 오월 머슴새가
따로 없다

외형을 버리면 자유로워진다*

유행가로 치장하지도 않고, 그렇대서
낡고 오래된 양장본 서랍에서
앤틱형 잠언을 꺼내지도 않는다,
멀리 있다

역동적 평온함이라 규정할라치면
어느새 내 겨드랑이를 간질이며
날개를 달아주거나,
잊어버린 시절가요를 불러주곤 하던

따로 가고 멀리 있어도 길은 동행이다

* 몬드리안(1872~1944.네델란드)

물이 새는 달빛

건강검진을 받으러가니
우울증 자가진단표를 작성하란다
드물게 . 가끔 . 자주 . 대부분 항목마다
점수가 매겨져 있다, 0점에서 3점까지

"마음이 아파요"
모조리 3점뿐이다
나는 매일 순간마다 개미처럼 기어가며 사는데

조주 선사께 갔더라면 매질이나 당했을 터인데

아비가 자식을, 자식이 아비를
샤님이 가시를, 가시를 샤님이*
남자가 여자를, 여자가 남자를
ᄉ람이 사람을, 사람이 ᄉ람을
침실에서 거실에서 골목에서 측간에서 산에서 들에서…
거시기하게 찢어지는 거시기한 핏빛 저자거리

그래도, 달빛에 물이 샌다니
땜빵을 해주는 이웃집 설비사가 있긴 있다
한 일주일 자실 약을 처방할 터이니
안 ᄂ으면 다시 ᄋ세요

* 샤님 : 남편의 옛말 *가시 : 아내의 옛말

35

실연박물관*

명언록에서 아직도 빛을 발하는 이별도 있다
"사랑하므로 헤어지노매라"
가시리의 지적소유권이 여즉 시퍼렇고
아리랑의 후손들도 세우지 못한 눈물의 博物을 役事하다니

뜨거운 기쁨의 눈물도
차가운 슬픔의 눈물도
한 눈에서 흘러나려 한강을 이루고 황하를 이루었으니
하긴, 눈물도 모으면 실패의 박물이 되긴 될 것인데

"헤어짐을 수집합니다"
엉뚱해서 오히려 당연한 실연을 모아 성공을 세우자면
아프지 않은 슬픔도 없고
즐겁지 않은 기쁨도 없어지지 않을까, 그러지 않을까?

동화처럼 사랑하고 행복해지다가
실화처럼 찢어지고 불행해지다가
다시, 또 다시 늦은 동화로 돌아갈 수 있기만 해도
행복동네와 불행마을이 이웃할 수 있긴 있을 것인데

실연이 실패가 아닌 박물관의 유리상자에
버리는 것이 반드시 잊는 것이 아닌
내 실연의 기념물을 보내자니

넘길 때마다 비명을 지르는, 내 몸
낡은 앨범 한 권만이 발버둥을 치는구나

* 한 때 연인이었던 크로아티아의 드라젠 그루비시치와 영화 프로듀서 울링 카비스티카
는 〈실연박물관-Museum of Broken Relationship〉을 제주도 아라리뮤지엄에서 기획 전
시했다.(´16.05)

일본, 일본인

-일본 시인 혼다 히사시〈本多壽〉의 시집 〈피에타 Pieta〉를 읽고

고독한 일본, "친구를 빌려드립니다"
한국 일간지의 보도문을 봤을 때,
시인, 당신이 보였습니다

그 이웃으로는 영원히 善隣友好로 다리를 놓을 수
없다, 내가 고집할 때 바로 그때도
지성인, 당신이 보였습니다

그러다가 당신의 시집 피에타Pieta*에 들었을 때
그 고개 숙인 집 낮은 출입문을 열었을, 그때
세계인, 당신을 보았습니다

내 육신의 눈으로 보였던 당신에게
내 마음의 눈으로 보이는 당신에게
나를 빌려주고 싶은
당신의 고독이고 싶었습니다

시인의 죄는
당신의 죽음을 퇴고할 수 없다*, 했듯이
같은 길에서 죽음의 육신을 퇴고할 수 없어
차가운 외로움과
무서운 미움 사이에서 흘러나오는 저 노래

무궁화 환상-곡, 가야금 환상-곡*을 듣자
나보다 더 나를 슬퍼한 당신의 노래는, 비로소
길고 먼 다리가 되었습니다

당신이 내 안에서 나의 시가 되는 순간부터
녹을 줄 모르던 나의 고독이
잠긴 사슬을 풀고 나를 풀어주었습니다

*혼다 히사시의 시집 〈피에타 Picta〉에서

행복 -해피 메이커

헝그리가 몇 마리는 들었는지
나는 날마다 통닭을 통째로 몇 마리는 먹어야
나를 만들까
넌지시 귀띔하는 거리의 벽면마다
너를 만나는 은밀한 메시지가
나를 반긴다, 비만
일주일내 효과 없으면 원금 환불!
조상神이 아직도 머물고 계시는지
나는 시시로 불같은 불기둥을 몇 번을 더 세워야
나를 만들까
강남 고속버스터미널 측간 벽면마다
너를 소개팅 하는 야한 비밀번호가
나를 반긴다, 非我去라
진짜 수입품 즉시 대기!
속알머리 주변머리 없어 나를
더듬는 이
밤마다 불면의 침상에서 나를
껴안는 이
양귀비에게서 삼밭에서 나를
흠향하는 이
예쁜 얼굴 디자인하여 나를
조각하는 이
심지어 제 안의 혼불 놓아버리고는

신의 경전을 불경하느라 나를
처방받는 이, 이, 이 …
나는 언제 어디서건 나를 만드느라
눈코 뜰 새가 없다

정작 나는
나를 만들어 나를 허무느라,
불행마저 머물 틈이 없긴 없으니…

지상의 뜀박질

나를 분리 배출하는 새벽
나를 비운 가장 낮은 처소에서
직박구리 한 마리가 나를 놀라게 하다

진공眞空에서 묘유妙有하듯, 지상에서 날개를 만나다

나무에서 나무로 길을 내는
저 날개에, 무슨 고장이 생긴 것일까?

두 발로 깡충거리며 달아나는 새
아니, 지상의 날개

날개 다친 새들이 뛰어다니듯이
날개 없는 새들도 밤낮 날아다닌다

남의 나라까지 밥벌이 길을 낸
딸들도 아들들도, 밤낮 없이
없는 날개로 이 나라에서 저 나라로 날아다닌다,
뛰어다닌다[생산은 무에서 유를 만드는가]

하늘을 나는 새들도
비행구름 무성한 놀이동산보다는
하늘 징검다리를 이 나무 저 나무 뛰어다닐 것이다

새들도 하늘에서 보니 지상의 무리
다친 날개나 고단한 뜀박질이나
없는 생각을 낳아 있는 날개를 다칠 뿐이다

시인

천년시객 蘇東坡에겐 네 명의 王氏가 있었다
그를 괴롭히던 정적, 王安石
소견 좁은 나는, 그를 위한 동파시를 찾지 못했다

그의 첫째부인 王弗이 스물일곱에 죽자
인생역정이 눈밭의 기러기 발자국같다*
시를 읊어 그녀를 새겼다

둘째부인 王潤之는 왕불의 사촌동생
술이 고프다는 동파의 취흥에, 그녀는
당신이 갑자기 필요할까봐 제가 한 말 술을 준비해 둔지 오래
되었지요**
그는 꽃을 사랑한 나비***였다

셋째부인 王朝雲을 가장 사랑했다고 보는 시쳇사람들
그의 시 마당엔 두 사람을 천년세월로 세워두길 잊지 않았다
그녀에게 동파는
서호에서 한잔 할 때 처음엔 맑고 나중에 비****
긴 제목의, 술보다 달달한 시였다

정적 왕안석도 세월의 뒷마당에서 화해의 술잔을 건넸듯이
세 명의 왕씨 여인들도 시로만 남겼으니
지워도 지워지지 않는 세월

예 있음을
서호에 내리는 빗줄기가 나를 적셔주었다.

* 雪泥鴻爪(설리홍조) * * 我有鬥酒藏之久矣(아유투주장구의) * * * 以待子不時之需(이대
자불시지수) 蝶戀花(접연화) * * * * 飮湖上初晴後雨(음호상초청후우)

더러운 무기

우리는 날마다 내가 만든 오물을 뒤집어쓰고 산다

우리 집 분리배출 쓰레기장에
누군가가 재활용품과 일반 쓰레기를 그냥 봉투에 그냥 버렸다

저녁 뉴스에 에프킬러가 나왔다
나쁜 파리 잡을 로봇들이 나쁜 파리들과 한 통속으로 놀아났다

누가 지뢰를 세상에 처음 묻었을까, 밟았을까
세계 최초로 킬러로봇*이 범인을 폭사시켰다

우리 주변 쓰레기장 여기저기서,
부대찌개 요리강습이 한창인 태평로에서 박수소리 요란타

* 흑백이 맞붙은 미국 텍사스주 댈러스 경찰은 경찰관을 살해한 저격범과 밤샘 대치극을
벌이다 협상에 실패하자 새벽에 범인의 은신처로 원격 조정 로봇을 보내 범인을 폭사시켜
상황을 끝냈다. 이런 킬러로봇에 26개국 61개 단체들이 모여 '스톱 킬러로봇' 시위를 했다.

오늘 스크랩*

시간들을 오려두면서
기막힌 칭찬도 오려둔다, 왕녀는 사랑도 역설로 죽일 것이다

쿠데타는 언제나 성공한 반역,
굴비두름으로 엮인 숙청도 오려두면서
두려움의 집행자에게 정의는 언제나 반어로 설 거라 짐작하다

암에 공격당하며 남긴 투병기, 긴 문자행렬에 숨은 속울음과
절친한 시간의 빈틈도 오려두기로 한다

자신의 손발을 잘라내는 졸부의 광기나
속된 사랑을 돈으로 사면,
속된 사람이 돈으로 사면할 거라, 광복할 거라 믿는 동영상

빛마저도 이제는 오려둘 수 있는 세상인데,

한사코 나의 가위는
당랑거철螳螂拒轍 ― 녹슨 세상을 향해 두 주먹을 치켜든다.

* scrap: 조각, 오려낸 것, 말다툼, 싸움, 드잡이, 싸움을 하다

친애하는 적에게

개개비 한 마리가 날개를 접은 채 쉬고 있다
불꽃무더위를 피해 연꽃그늘에서

금강출렁다리를 건너가며, 네
발아래 검은 구덩이*를 내려다 볼 수 있겠느냐,
그럴 수 있겠느냐?

내 가장 친애하는 적에게 늘 경고한다,
붙잡은 시간을 두고 기록한다

나를 놓아주는 것이 나를 해방시키는 것
되풀이 타이르며 달래지만
아침이면 한낮의 폭염을 잊은 한 마리 개개비가 되고야 만다.

* 『웃으면서 죽음을 이야기하는 방법』에서 플로베르의 말을 인용하여 '죽음'을 응시함으로써 평정심을 유지하는 법에 대하여 말하고 있다.

시를 쓰는 방법

시골구석 비어가는 마을에서 시를 채우며 사시는 분께서 빈 시
를 보내왔다. 오늘 시창작교실에 못 나가겠어요, 시 쓰는 숙제
야 어찌어찌 하겠지만…

사람의 마을에 둘러칠 생나무 한 그루 하나 없는
의지가지 먼 사돈에 팔촌 연통 한 자락 없는
그런 할멈의 망구가 간밤에 소천을 했어요.
찾아올 나그네 새 한 마리 없는
빈 상청 차릴 단돈 한 푼 노잣돈 없는
단 하룻밤 얼음 위에 댓자리 볼 숙박비도 없는
그런 할멈의 망구를 떠나보내느라,
공소 마을에 공일이 생겼다며 결석계를 낸다.

신은 우리가 믿는 신을 믿지 않는다, 불완전한 행성*을 떠나가
며 망구가 입적할 완전한 신성의 또 다른 입학식 풍경, 그 자리
에 보내는 賻儀라는 이름의 조시 한 편.

* Julian Barnes 『웃으면서 죽음을 이야기하는 방법』에서

광고

○○공원묘원

여기서부터는 유턴이 안 됩니다.

일방통행로를 따라

화살표를 따라 진입하세요.

아직 여분이 남아 있습니다.

좋은 자리는

선착순으로

원하시는 자리를 분양합니다.

바다를 밀어 올리는 바람

느린 바다들이 해안 모래밭으로 숨 가쁘게 올라온다
삽이 아닌 삽으로 제 몸 깊이로 모래구덩이를 판다
卵生說話들이 튀어나온다, 열 개 스무 개…온 개…
모래무덤도 잠시, 날개 달린 바다들이 튀어오른다
저마다 우사인 볼트 번개보다 빠르게 집으로 간다
온百 개 중 한 개만 제 집으로 돌아간다
하늘에선 괭이갈매기가 잔치를 비행하는 동안

누가 그를 바다로 보냈는지
누가 그를 바다로 끌어들였는지
파도는 쉬지 않고 바다를 사이에 두고 卓上空論이다

발명하지 말라

발명하지 말라, 발견도
하지 말라
하면 되어도 달걀을 깨뜨려 세우려 하지 말라
변명한다고 해명한다고
야만이 문명을 부러워할까
문명 또한 또 다른 야만인 것을,
그대로 그 자리에
티피*를 세우게 하라
천막집 들추며 말들이 드나들게
드나들며 새끼 낳고, 새끼의 새끼를 낳게
발명 아닌,
문명 아닌,
자연을 낳아 자연이게 하라

멸종 위기 종은 동식물만이 아니다
오늘 아침 서귀포에서 발견한 희귀 상록수 초령목…
날마다 지워지고 사라지는
인디언들이 마야인들이 또 어느 아침에 발견될 것이냐

부처는 중생의 세계에서 일을 마친 이
중생은 부처의 세계에서 일을 못 마친 이**

한 마리 짐승[衆生]이 되어보면 들린다
발견당하고 변명될 때마다
서푼 영웅담에서 피 튀기는 말들의 울부짖음을

* tepee : 미국 그레이트플레인스에 사는 인디언들이 쓰던 높은 거주용 천막. tipi라고도 씀
**『大慧語錄』에서

덜 떨어진 놈

잘 익은 가을은
까까중머리에 툭~, 떨어져 목탁을 친다

앙앙불락 대웅전 기왓장을 깨고야 말겠다는 대추나무
대추열매나
불명산 날아드는 장끼 꿍꿍이속을 觀音하겠다는 밤나무
알밤송이나
곶감 깎는 산골시악시 앞에 자지러지는 동상면 먹감나무
땡감이나
....
가을산은 저마다 解脫이 한창이다

시든 세월 붙잡고 앙앙불락하는 내 나무,
내 열매는
목불머리 지니고도 목탁 칠 수 없어 목불인견인데

잘 익어 툭~, 떨어지는 놈들마다
가을산 물들이는 메아리가 되는구나

집부수기

현관 천정에 말벌이 둥지를 틀었다
달방도 전세방도 아닌
무허가 막무가내 이부자리부터 펼친 것이다
드나드는 집주인 머리 위에
저공비행하는 스텔스ー레이더스*는 소리가 없다
그 집을 허물기로 했다
벼룩 잡으려고 초가삼간을,
고기 먹고 싶은 땡중 천년고찰을 태우려 할까
의심은 의심을 낳는다,
한다면 한다
태우지 않으면 지킬 것도 없다
꿀을 따려면 호랑이 굴에 들어가야 한다
누군가는 틀린 전작권이라며
내 손에
에프 킬러를 쥐어준다
야음을 틈타 집중사격으로 평화를 이겼다

동방의 등불**이 켜지자 드러난 산하
하얀 애벌레들과 검은 깃의 어미들
아침은 언제나
부끄러운 평화도 곧잘 낳곤 한다

*raiders : 침입자, 특공대, 침공기
**인도의 詩聖 타고르 『동아일보』 창간축시(1920)에서

정물가을

내 의자에서
첼로는 사계를 읽는다
어느 음악도 연주하지 않으면서
들려주지 않는 계절이 없다
그녀도 실은
나에게는 그런 자세다
언제나 한 자리,
나의 마련에 앉아
사시사철 나를 연주하곤 한다
가을이 왔는지,
오늘은 음악이 잠잠하다
그녀 역시 연주를 멈추는 시간
가을은,
오래 앉아 있어도 좋은 신호
한곳에서 다른 곳으로 옮겨가는
절호다, 기회다
활강滑降 없이 연주하는
모든 계절이다

가을비

가을밤은 홈통으로 내통하며
밤새 모르스 암호를
타전해 온다
내전하는 먼 나라
포화소리도, 지척에서 늙어가는
신음소리도
벽을 타고 넘나드는
가을통신—
그를 수신하느라
나의 서툰 알파벳은
잠들지 못한다
가을비에 젖은 잉크냄새
흐린 아침 노트엔
하얀 헬멧*이 방금 꺼낸
어린 침묵,
무표정한 얼굴이
나의 무표정을 나무라고 있다
심금에 금을 내고 있다.

*하얀 헬멧 : 시리아 내전에서 6만 명 이상의 목숨을 구해낸 시리아 시민방위대(SCD)

쓸쓸한 은유

내 여인은 나의 은유다

어떤 못난 사내가
내 사람의 날개를 빼앗아
만자 중에 팔아먹겠는가, 아니다
감추고 의뭉 떨며 아닌 보살이 전공이다
오늘도 그녀에게 하늘을 주었듯이,
어제도 그랬으며
내일 역시 그녀를 달빛에 말릴 것이다
그럴 것이다
건조한 원관념이 은하를 건너가며
뱃노래를 부를 때까지

더 이상 은유할 수 없는
겨울이 오고 있음을
저기 먹구름 짙은 눈보라의 냄새
몸을 태운 군불이 구름을 피우자
청솔, 향기 짙은 가락이 들린다

내 은유는 나의 여인이다

누명

내가 말했지
배고프면 더 먹으라고, 말했지
말했다고, 말이면 다냐고 말하지 않으면 말이 아니냐고
말했다

삼례 3인조 강도 17년 만에 말을 벗었다*

내가 말했지
배부르면 그만 먹으라고, 말했지
말했다고, 말이면 다냐고 말하지 않으면 말이 아니냐고
말했다

삼세번을 모른다고 말해도 닭은 또 울 것이다

* 1999.02.06. 전북 완주 삼례 슈퍼마켓 강도. 살인사건 범인으로 몰려 억울한 옥살이를
한 세 사람은 진범이 밝혀져 2016.10.28. 재심 결과 17년 만에 누명을 벗게 됐다.

세월의 맛

국민학교를 다니던 아이들이
초등학교도 한참 지난 시절에, 사십년이 훌쩍 지나
저들도 쉰 고개를 벌써 넘었다며
일흔 고개 넘느라 벅찬 숨을 할딱거리는 나를 스승이랍시고 찾
아왔다,

그 중에 박은순이란 아이, 아니 아줌마 된 엄마가 그런다
선생님, 40년 전 선생님이 도시락반찬 바꿔먹자며, 제 닥꽝반
찬 가져가시고 대신 주신 멸치짠지 맛을 잊을 수가 없어요, 지
금도 반찬 투정하는 아이들에게 그때 그 멸치짠지 이야기로 레
코드를 틀어대며 살아왔어요,

왜 그 때 그 맛을 잊을 수가 없는지
왜 그 때 그 시절이 짭짤하게 기억되는지
도무지 알 수가 없어요

그러자, 그 중에 김일순이란 아이, 아니 맞벌이 워킹맘이 그런다
선생님, 40년 전 선생님의 회초리를 눈 하나 깜박하지 않고 맞
았는데, 피멍든 제 종아리에 멘소레담을 발라주시며 웬 고집이
그리 세냐며 달래주실 때 터진 눈물샘이 여즉 마른 적이 없
어요

왜 맞을 땐 꼿꼿이 울지 않고 맞았는지
왜 약 발라주실 땐 눈물샘이 터져 이날까지 홍수가 지는지
도무지 알 수가 없어요

그러자 주현으로 개명한 영호도, 명퇴를 당했다며 풀이 죽은
은규도, 건재상을 경영하는 태원이도 그런다. 한 성깔하신 선생
님이 풍금을 치며 저들과 함께 노래 불렀던 그 낭만이, 저들과
함께 공을 차며 뒹굴었던 그 푸름이 그립다며, 넘치는 잔마다
세월의 맛을 섞느라 가을밤이 깊어가고 있었다.

꽃게

나를 발라 먹는 입들을 경멸한다
그 입에서 흘러나오는 미덕을,
백과사전을 불신한다
내 철갑을 벗기느라
外柔內剛을 비틀어
內柔外剛이라, 또 하나의 덕목을 붙일지라도
나는 갑옷이다
내 체면을 아무리 모욕할지라도
똑바로 가지 않고
너의 터진 옆구리를 파고 기어들어가
말맛의 터진 침샘에 고이리라

누구는 만灣으로 내통하여
드나들며 터지는 살맛을 탐낸다지만
내 본관은 곶[岬]이다
가문의 뼈대는, 그러므로 가시를 세워 싸우다
붉은[丹心] 전사로 산화할 뿐이다.

과일가게 아저씨

그는 온몸이 사계다
아니 침샘이다
오늘도 어느 산바람골에서 건너온
모과에 몸을 내주고는
모과향으로 값싼 體가 되기를 권했다
그리고는 가을이잖아요!
씽긋~ 웃고는
얼굴마다 마른 수건으로 체면을 닦느라
분주하다, 지난여름에도 그랬다
여름이잖아요! 그러면서
쪽박 나 속붉은 내 안을 들여다보듯 그랬다
달콤한 속맛을 觀하라며
무더위에 지친 몸에 찬물을 끼얹곤 했다
봄에도 그랬던 것 같다
철 이른 딸기향을 보라며…

다만 그가 침묵하는 계절이 있긴 있다

우리 손녀딸 살갗보다 더 얇은 識으로
온몸을 두른 지구 안에서
지금 무슨 반역이 음모를 꾸미는지 아느냐고,
그리면서 그럴 것이다
[겨울이잖아요!] 닫힌 가게 문이 말했다.

고모똥

우리 고모는
늘 어둑한 새벽똥을 누었다.
그럴 때마다
맨날 만만한 조카인 날 앞세우곤 했다

똥구야, 거그 있냐?
그려, 여그 있단말여![불멘 소리로 불퉁거렸다]
또 한참 있다가는,
똥구야, 너 들어가면 아침밥 안 줄 겨~
[내복바람에 이빨 덜그럭거리며]
나, 여그 있단말여~!

칙간[厠間]과 사돈댁은 멀수록 좋다던
겨울바람은 매서웠으나
사람바람은 따사롭던, 그 시절

그럴 때마다
별똥별은 사정없이 밤하늘을 가르곤 했다

흐린 날

누군 맑은 날이 명함사진 담기 좋다지만
나는 그렇다, 이처럼 흐린 날이
좋다, 나를 지우기 알맞은 때이다

누군 밝은 날
높은 나뭇가지 줄타기 좋다지만
나는 아니다, 이처럼 어둔 날이 좋다
나에게서 잔나비를 떨어뜨릴 기회인 것이다

그렇다, 엽록소 몇 장
빨간 열매 몇 줄 찾아 줄타기를 늘여보지만
그럴 수 없어
비 온다는 예보를 찾아 떠날 수 있기를

어둠과 설음에 젖어
참빗살나무*가 된다는 것은, 숲이 되는 일처럼
젖어드는 잦아드는 기다림인 것이다

* '화실나무'라고도 한다. '참빗살나무꽃'은 '위험한 장난'이라는 꽃말을 가지고 있다.

오징어 -2016년 세밑풍경

연말 부부모임에 갔다 건배사를 하라니
40년 지기 형이 그런다 "오징어~!"
-오래오래 징그럽게 어울리자-
창밖엔 겨울 싸락눈이 자그락자그락 내리는
듯하더니, 그마저도 어둠발에 잠기는데
이 시간쯤, 저 서울 光化門 앞에서는
어둠을 빛으로 바꾸려는 이들이 "위-하야~!"
-오래오래 징그럽게 해먹은 임금노릇-
이제는 그만 두라는 함성이 은하를 이룰
것인데, 노인을 위한 나라는 없다*
그래도 한사코 동떨어진 낡은 민심은
늙은 곡선에서 방향을 틀곤 한다
동해에서 잡히던 오징어 떼들도 이제는 서해로 이동한다
민심을 낚으려는 어부들은
한사코 어군탐지기를 앞세워 만선을 노리지만
제철 모르는 철새들만
삼천리강토 여기저기에 새들의 무덤을 만든다
만들곤 모르쇠하며 다시 북상하는 날
이 땅에 다시 봄은 오고야 말 것인가
그래서 그렇지만
그런다고 그럴 리가 의심하듯 군무하는 새떼들,
세월의 한류에 밀려 북상을 저지당한 오징어 떼들처럼

죽을 쒀 개나 주려는 수상한 기류 앞에서
겨울눈은 온 데 간 데 없이
수상쩍은 검은싸락눈만 겨울광장을 어지럽힌다

이럴 때마다
역사의 문설주마다 시인은 주련을 단다
오늘이 징그러운
어제 되지 말란 법 없다, "오징어~!"
두 눈뿐만 아니라 감을 눈도 부릅뜬 채
노인이 없을 내일의 문설주마다 주련을 단다

* 〈No Country for Old Men〉 2007 제작한 미국영화 제목-감독 에단 코엔, 조엘 코엔

고택古宅 -내 몸에게

내 쓸쓸한 영혼에게
~라고 말을 거니 말문을 막는 그림이 보인다

행랑채 자리에 서 있던 복숭아나무에선
지금도 이명처럼 벌들 날아드는 봄일 텐데

검버섯 돋아나는 우물가 귀밑머리 부근에선
유성기 소리에 담긴 빅터레코드가 돌아가고 있으리

마당에 가득 아침햇살을 펼쳐놓고
아들딸 동생들에게 체조를 시켰던 신식 아버지는
머리칼 빠진 뒤안 대나무 숲이 되어 있으리

고샅길로 통하는 대문 여닫는 소리도
짚불에 그을리며 눈썹 태우던 부뚜막 불길도
처마 밑에 날아들던 참새들 겨울나기도

손때 입혀 나를 세운 기둥이었구나
대들보였구나

내 쓸쓸한 영혼에게
~라고 말을 거니 말문을 담은 집이 보인다

말씨

말은 제 스스로
제 씨앗을 보여주기도 한다

새로움─이라 쓰다가 깜짝 놀라며
그의 씨앗을 셈했다

누구는 이름씨의 꼬리가
여우꼬리처럼 살랑댄다고, 별 것 아니라고
마른 고개를 돌리기도 하지만

움─ 그 몸, 그 눈맛을 무슨 물감
어떤 묵힌 붓으로 그릴 수 있으랴!

때마침, 겨울 뒤끝을 바라보다
안에서 꿈틀대던 말씨가 움을 틔웠다
봄─

2017_ 눈이 내린답니다!

변산바람꽃

봄눈이 느닷없이 내린 날
지인에게서 꽃편지가 당도했다
삼월꽃샘에서 사월설렘에 걸쳐
내 늑골, 어느 갈비뼈 골짜기쯤에서 필 것이라며
빛바랜 기념사진 꽃이 찾아올 터이니,
눈여겨보라는 당부였다
어금니 한 쪽이 쪼개진 날도 그날이었다, 내가
나를 씹고서야 그걸 알았다
십여 년이나
외변산자락을 헤매고 다녔지만 여태
꽃은커녕 바람조차 나를 흔들지 않았다,
답장을 쓰려다, 그만두었다
요즘 글씨 공부가 깊지 못한,
까닭만은 아니다,
꽃이 피는 까닭이 바람만은 아니듯이
흔들어도 기다렸던 것일까,
흔들려도 덧없는 개화였던 탓일까
내변산 불가마바위에도
꽃은 핀다
햇살 일렁거리는 리듬에 맞춰 피는 꽃,
늑골 깊은 계곡에도
봄눈 자지러지는 춘삼월

그날의 순간들처럼 빛바랜 추억이,
꽃은 필 것이다, 봄눈처럼

연습

묵힌 현악기를 든다
허공에 오래 매달리느라 장력을
잃었다, 그 팽팽한 음정만 잃은 게 아니다
내 안에서 나를 붙잡던 알맞은 떨림 떨림도
잊었다, 나마저 놓는데 익숙한데
무슨 음표들이 나를 노래할까
묵힌 악기를 떨게 할까

오래 누운 붓을 세운다
묵향의 습기마저 증발 한 채
홀로 말라가던 말의 샘
그곳에 샘물을 담아
먹을 간다, 나도 간다
글씨마다 시간의 발자국이 선명하다
그 또렷함으로 세웠던 집 집들
허물기 위해 세우는 하느님의 건축처럼
나를 쓴다, 나를 허문다

재공연 없는 단막극 인생을 고쳐 쓴다
인생은 허물기 위해 세우는 다시 쓰기

몸이 없는 노래도

목젖 없는 글씨도
고쳐 쓰고 다시 쓰는 떨림 떨림이다

치표 置標

겨울이 잠시 때를 잊은 날
봄이 부러워
볕들이 좋은 그런 날
동문수학한 학형들과 집을 보러갔다
죽기 전에 드나드는,
닫힌 문 달려 초인종 소리 내는
그런 집 아니다
살기 다한 뒤에 전입해야 하는
열린 문 달린 잔디집
양식 슬래브 지붕
네모반듯한 대리석으로 부부방이
다정으로 나뉜 더블침대라고…
공인중개사처럼 집자랑이
번드레한 학형-!

그의 얼굴이 겨울 햇살에 핀 꽃이다

내 마음을 당신께 바친다*는 것

어머니 제삿날 무렵이면
벚꽃이 창밖에 등불을 단다
매년 쉬지 않는 방문이시다,
에프엠 음악을 들으며 꽃차를 타는데
라틴 가수가 찻잔에 꽃향기를 떨어뜨린다,
말린 국화꽃을 찻잔에 넣자
한 손 한 손 따 모았을, 그녀
가을이 말간 얼굴을 보인다
먼 나라에서 온 별꽃장미 송이는
닿자마자, 거친 말을 닫고
연한 귀를 연다
리쫭가게― 병에 담긴 시간을 담던
가족의 여행길,
설산雪山을 부축하던 아들의 손길

사랑한다면, 잊지 않으려 한다면
만질 수 없는 거리는 아무것도 아니다,
무너지는 만리장성이요,
그치지 않고 흐르는 장마요 강물이다

이제와 항상 영원히……

*Francis Cabrel & Mercedes Sosa의 노래 〈내 마음을 당신께 바칩니다〉에서

봄, 네 번 접힌 풍경* -〈전주-한옥마을〉에서 한낮

내 먼저 내가 그 자리에 있었다
내 앞에 그 먼저가 지금 있다, 그리고
내 위에 내가 있었다
내 안에 그 위가 지금 있다

봄이 이륜차에 삼륜 가족을 태우고
선비들의 골목을 돌아다니다
명심보감明心寶鑑을 읽는 소리를 내는 건물 앞에서
봄이 막 굴러다녔다

늙지 않는 세월을
두루마기 입은 보호수 은행나무,
몇 백 년인가를 그 얼굴로 젊어가다니…
화사한 봄 치맛자락이
기름 냄새를, 봄이 고소하게 풍겼다

먹이가 화전花煎놀이가 되는 동안,
체면은 단 한 번도 전통의 위장을 비운 적이
없다, 그래도 통째 비워질 날들을 아는지
백년나무가 빙긋이 움을 틔운다

완판본에 담긴 먹물이 풀려가는 동안
태형 맞는 절개처럼

신음하듯 조잘거리며, 봄이
어도를 따라 북상하느라 갈 길 갈 뿐

그때도 지금도
거기도 여기도, 언제나 나는 있었고
또 없을 것이다
제 안에 이들을 접어두는 은행나무 외에는

*재미화가 이상남의 연작 회화작품 〈네 번 접은 풍경〉에서

야단법석野壇法席* -문예반 야외수업 현장에서

문우들과 함께 찾아갔다, 벚꽃이 피면
돌아선 벗도 피는 건지
핀 꽃, 을 찾아갔다
바위를 쪼갠 자리에 세운 절[開巖寺]을
지나쳐 돌아서,
　[쪼개진 자리에선 경전이 나오지 않았으리]
어느 임금이 마신 물자리[御水臺]는
역사의 앙금인 양
파란 이끼 무성한 무한을 배경으로
돌아간 벗과
져버린 벚꽃을 앉히고 시간을 기념했다
늦게 온 제자를 위해
당신의 자리를 내어주신 샤카모니처럼**
법석을 떠는 자리에 늦게 찾아온,
콩새－
그에게 나의 자리 반을 내주고 말았다,
　[내어주고 싶었다]
아무도 자신의 자리에
영겁을 대신 앉히려 하지 않는다
새만이, 뼈가 가벼운 자유만이
날개를 달듯－
속세가 궁금한 바람난 땡중처럼

80 쓸쓸한 은유

[기웃하며, 갸우뚱하며, 출렁거리며]
별거 아니란 듯, 저 허공 바다를
헤엄쳐 가고 있었다.

*야단법석: 야외에 차린 불법을 펴는 자리→떠들썩하고 시끄러운 모습
**三處傳心의 하나 : 부처께서 다음 세 가지 일로 마음을 전함 ①多子塔前 半分坐-가섭존
자가 늦게 오자 부처께서는 당신의 자리를 내어줌 ②靈山會上 拈花微笑-영축산에서 설법
하실 때에 한 천인이 꽃을 바치자 부처께서는 아무 말 없이 그 꽃을 들자 가섭존자만이
미소를 보임 ③尼連禪河 郭氏雙趺-부처께서 열반하신 뒤 늦게 당도한 가섭존자가 슬피
울자 부처께서 슬그머니 두 다리를 관 밖으로 내보임.

꽃을 권함 -2017년 대선풍경

내가 그냥, 입말 좋게
민주 성~! 하고 부르는 형에게 전화를 했다
척추협착증으로 고생하시는 家兄의 수술여부를
여쭙기 위해서다, 일찍이
우리 민주 성님이 허리통증으로
좀 고생이 많았음을 익히 잊지 않아서다

그러자 대뜸 그러신다,
죽지 못해 살아야 한다면 몰라도
아예 칼 같은 것은
산 몸
~에 절대 대지 말라고 당부시다

저번에, 초대받은 벚꽃잔치를 외면한 것
이어진, 개나리꽃이 이 나라 울타리마다
괴발개발 만발했다는 전갈에도
쌍심지를 돋운 내력으로

이번엔, 진안고원에 꽃잔디가 지천을 이뤘고
완산도서관, 도서관 뒤편 언덕에는
겹사구라꽃이 만발했다며
저 잘난 사람 구경이라도 다니며
허리를, 척추를 바로 잡으라 하신다

그나저나 장미가 지랄 맞게 짖어댈
오월이 멀지 않았는데
어떤 가시 있는 장미향기를 권할 것인지,
우리 민주 성님 꽃소식이 궁금하긴 궁금하다.

황사黃紗 내린 봄날

그녀는 손에서 잡힐 듯 말듯,
멀리 있으나 결코 멀어지지 않았지

그녀를 가장 맑게 본 날의 얼굴;
　남쪽 창가에 웬 백합이었고
　투명한 옷자락은 구겨질 줄 몰랐지
　단정한 머리엔 丹頂鶴이 앉았던가
　침묵을 위해 입술연지마저 청명一
그러고도 말없는 걸음으로
나를 묶어두곤, 투명창을 통해 날아갔지

예보하는 사랑 없듯이;
　들이닥친 몽골 초원의 마른 영혼들,
　그들의 口흡들,
　한 알 한 알 시각을 때리는 耳鳴이 될 줄이야
　이명의 첨병이 되어, 視界
　'안좋음'을 예보하는 사랑일 줄이야
그리고 내내 기상대는 흐림을 풀어
일상의 가로등마다 면사포를 씌웠지

멀리 있으나 결코 멀어질 수 없듯이
그녀는 책에서 보일 듯 말듯,

가마꾼

중국의 명산 장가계에 가다.

태산만한 효도관광을 둘이서 메고

작은 키 갈비씨 소수민족들

가파른 기암절벽 오르내린다.

한결같다—

목구멍포도청이 둘째 목적지고

자식들 눈 틔우는 게 첫째 항구다

—무식이 힘이다

[한 아비는 열 아들을 기를 수 있으나

열 아들은 한 아비를 섬길 수 없다]*

무거운 가방끈 둘러매고 올라왔듯,

가볍지 않은 도리를 고행하듯 메고

나를 관광하느라 천근 산길이다.

* 독일속담

시를 쓴다는 것

푸름이 지천인 동네 쌈지공원을 걷는데
서너 걸음 앞에서
웬 멧새 한 마리
쇠뜨기, 그 줄기 같지도 않은 풀잎을 활주로 삼아
내려앉는다[불시착이었을 것이다]

놀람은 급수가 없다
핵무기 방아쇠에 이념을 얹는 것이나, 방사능이
밥상머리 수입생선을 경제로 마감했을지라도
[놀람은 식욕 앞에서 묵언 수행 중이다]

멧새 한 마리의 연착륙
멧새 한 마리의 무게를 견디어내는 쇠뜨기
무거운 가벼움과
가벼운 무거움에, 깜짝 발걸음을 멈추는 것
놀라워라―

무거운 슬픔을 장미꽃으로 매질할 수 없듯이
가벼운 기쁨에 황금메달을 걸어줄 수는 없는 것
놀람은 가불이 없다

방아쇠 가늠자 위에서도, 쇠뜨기 풀잎 활주로에서도

이념 까짓것, 연착륙하고야마는
웬 멧새 한 마리

시를 기다리면서

나는 밤마다, 때로는 새벽에도, 아니
벌건 대낮, 비바람 눈보라치는 나쁜 날에도
뜨거운 꽃이 피기를 기다린다.

약속한 애인도 오지 않는, 소식도 없지만
기다리지도 않았는데 오는 사랑, 발길처럼
나는 기다린다, 붉은 입맞춤을

누구는 용감한 자가
미녀를 얻는다지만, 어찌 아름다움이 미남에게도
없을쏜가. 나는 원석으로 빚은 활자이고 싶다

나는 비겁하지만 [황금 앞에서]
나는 비열하기도 하지만 [목숨 앞에서]
나는 비밀스럽기도 하지만 [사랑 때문에]

꽃이 피기를 기다릴 때만은
자폭하는 테러리스트가 되어도 좋다, 되곤 한다
늘 그렇다, 꽃이 피는 순간만은…

화심花心의 노크 소리에 미쳐 문을 열자
자동 발화하는 시심詩心의 스위치―
섬광의 홀씨로, 나는 나를 산화시킨다.

궁금하지 않다 -연가 1

－－난 내 사랑이 궁금하지 않다

불면에 불려나온 키 큰 외로움에
달빛 한 조각 걸리지 않을지라도,

근심 없는 멧새로 찾아와
서늘한 새벽 이마를 짚어주지 않을지라도,

무슨 싸움이라도 즐겁게 싸워서
깨끗하게 져도 좋을, 빈 아침 한나절일지라도,

어스름 새들이 내 품, 호수를 건너
눈부신 윤슬로 망각을 풀어낼지라도,

마지막 연습처럼 잠재우는 하루,
한밤 클래식이 이부자리를 펴주지 않을지라도,

－－난, 나는 내 사랑이 도무지 궁금하지 않다

가뭄 -연가 2

ㅡㅡ젊음은 항상 목이 탄다

고백하려던 날, 하필이며
잘 차려 입은 말쑥이 후줄근을 맞았다,
그런 기억마저 먼지를 날리곤 할 때,
그럴 때마다
사랑도 가난을 탄다는 고전을 읽었다
나는 왜 그렇게
부끄러움에도 얼굴 붉히려 했을까
두근두근 마저 전할 수 없어
땀에 젖은 손편지,
내리지 않고, 끝내 고백하지 않고
밤새 식은땀을 흘리며,
양철지붕 때리는 소리를 후줄근 맞으며
젊음이 갔다,
가위눌리는 날들을 보내며

목이 타는 젊음도 있다ㅡㅡ

마른장마가 -연가 3

식당에서 실소失笑가 밥을 먹인다

[여기 안 매운 고추 좀 주세요!]

그저 담소談笑나 자시면 되련만,
꼭 한 종지 양념을 치시며
소화제를 들이미는 시인이 계시다

[여기 안 단 설탕 좀 주세요!]

잘못 없는 최불암 선생이
친구 없는 약국에서 danger를 단거로 알고
훔쳐 자셨다는, 국어교과서를 기억하다
실소ーー

사랑한다, 사랑한다, 사랑한다는
드라마 뉴스가
마른장마를 전하는 일기예보에 실소하며…

착한 가짜 뉴스 -연가 4

촛불이 왕이 된 나라—
촛불이 말씀이다

최신예 전투폭격기를 사오려던 일을
없던 일로 하겠습니다, 폭탄 없는 수송기로
굶주린 동포들에게 호남평야의 쌀포대를
투하하겠습니다, 시집장가 못가는 처녀총각에게
결혼자금을 난사하겠습니다, 만물이 말라죽는
동아프리카에 물대포를 정 조준하겠습니다,
그리고 총알이 난무하는 부자나라에
맨몸으로 다녀오겠습니다

촛불임금 나라 밖 첫나들이—
말씀이 촛불이다

득실得失 -연가 5

고요한 소란에 몸을 싣고 가는데
뒷자리에서 아스팔트가 끓고 있다.
해도 그만 아니 해도 그만인,
삼십 길에서 마흔 고개를 넘보는 추억이
벌써 한 시간 동안 죽을 끓인다
시선들은 흘끔거림을 보내지만
아무도 불길을 보태지는 않는다

解憂所, 나를 시원하게 방출한다
[내가 옳다면 화낼 필요도 없고,
 내가 틀렸다면 화낼 자격도 없다]*

죽이 되건 밥이 되건
나 몰라라, 맘 길 거둬
부처를 훔치려니, 도적 미소가 뜬다
失者無而全失煩惱 / 得者無而全得知慧
-잃은 것 없이 모두 잃은 게 번뇌요
 얻은 것 없이 모두 얻은 게 지혜다-

*Mahatma Gandhi(1869~1948.인도) 〈어록〉에서

문門 -연가 6

왼손이 대륙을 열 때,
내 오른손은
바다조차 모를 것이다

항상 연다, 열다, 하지만
맺히는 건, 한 꽃송이

강철 손,
향기 없이 열리지 않는 無花果

닫기 위해 아침을 열었듯이
국경을 두셨듯이, 또한
바른손이 항구를 여실 것이다.

단풍나무를 배경으로 사진을 찍다 -연가 7

내가 나를 보는 길이 어디에 있을까

책을 뒤지고,
사람의 갈피를 헤집고 다니는 동안
거울은 이지러지고, 지진으로 벌어진 틈새마다
낯선 내가, 나를 불식하곤 했다

그러던 어느 가을날,
내변산월명암 산발치 인적 드문 법문 앞에서
내 살에 박힌,
시간의 파편을 끄집어내어 살펴보니

거기, 불타는 떨기나무 안에서
나를 화장火葬하는 화목한 풍경-
활짝 피는 웃음불꽃이라니

삼백예순날 말린 참나무장작더미에 올라
시방세계 불길을 당기듯,
즐겁게 소신燒身하며, 등불을 켜다니

내가 나를 찾는 길이 어디에 있을까

쉬운 남자 -연가 8

슬픔을 감추는 게
기쁨 속이기보다 어려울까, 쉬울까
내겐 슬픔 속이기가 더 곤란하다
난해하다, 청승맞다
수문이 고장 났거나, 아예
잠금장치가 없는 눈문[眼門] 때문이다
웃음은, 잠그는 이빨이라도 있지만
눈은 악물고 씹어댈 저작권[詛嚼圈]이
없는 것이다, 잠금장치가 없는 것이다
짓무른 동정심으로 쉬운 사내가 될까봐
옷소매를 감추거나
투명한 안경의 불투명을 탓하기도 하면서
감추고 속이는 일도 이골이
난다, 이골이 나기도 하지만—
최루탄 맞은 주말드라마에
좋은이웃[good neighbors]이 보여주는 난민그림에
호스피스 배웅을 받는 젊은 낙화에
세 아기 엄마의 교통사고 지면에
소녀 가장의 의젓한 불행에, 심지어
철지난 유행가로 내리는 장맛비에
·················

속절없음에
감전되는 전류에
내 절망을 부르는 유년에
문 없는 눈은 하염없음으로 열린다

그럴 때마다 그런다
쉬운 남자로 쪽팔려도 좋으니
웃음 감출 일, 세상 어디에나 있었으면

작은 음악회 -연가 9

손주들이 대륙을 건너
왔다, 아비의 밥벌이 길에 편승해서 건너간
바다, 그 험한 외국어의 파도를 넘어
왔다. 장마가 커튼을 치는 날
내 글방에 무대를 차렸다
책이나 악기觀書鼓琴를 섬기고
독서와 음악至樂琴書이 차와 손길을
맞잡은 다락방茶樂書室이
넉넉했다, 어둠침침한 노안이 악보를 짚어가며
베일리T.H.Bayly를 연주할 때
Long, Long Ago는, 어디쯤에서
나를, 그 옛날로 불러내게
될까, 그런 먼 옛날을
노래하게 될까

멀고 먼 방언의 국경을 건너가면
또 다시 옛날보다 먼 오늘이 되는 날,
나를 지우듯이
손주들의 앨범에 작은 노래새를
심는다.

물방울 -연가 10
　　-昭町 시인의 〈石榴硯滴〉에 화답함

천도의 불지옥을 모른다마는
천도의 길마저
모른다, 아니다 끝내 발뺌하지 않으리

왔던 길, 다시 가는 날
내가 풀어 낸 '서 말 닷 되의 이야기'*들을
주섬주섬 담아낼 한 그릇의 시

그 집 없는 집을 위하여
흙으로 빚어 물로 가는 길을
보이시다니, 비워주시다니!

태양의 원숙한** 가슴을 열어
몇 방울의 점이거나 획이었을, 나를
흘려보내어 비울 것이다,

* 昭町 이성자 시인의 시「석류」에서
** 원숙한 아름다움圓熟美 : 석류의 꽃말

고백연습 -연가 11

보고 싶으면
보고 싶다 보고 싶다
함박눈 나려도 될까, 몰라

사랑이 목마르면
사랑한다 사랑한다
비구름 불러와도 될까, 몰라

함께 젖어들고 싶어 강물이 마르고
함께 거닐고 싶어
파도치지 않는 다도해의 바다로 가는지

아무것도 아니면서, 아무데도 아니 이르면서
모든 것의 선장이요, 갈매기가 되는 나날들

현악기를 타는 이들은 가슴을 허무는 장인들
허물어진 성터에 자신을 묻는 장인들
자꾸만 나를 허물고, 또 허물어
산사태에 묻혀도 좋을
장인들⋯⋯

참치잡이를 표절하다 -연가 12

이제 어부는
복수심이 불타오르는 듯 격분하여
짐승을 두들겨 패며,[디베히* 말로]
죽어가는 참치에게
욕을 퍼붓고 있었다.

나구발라,
나구발라,
헤이 아루발라난
[이년아, 이년아, 넌 이제 죽었다]

그가 여드레 만에 처음 잡은
참치였다. 집에서는
아이 여섯 명이
그를 기다리고 있었다.

*디베히 Divehi: 인도양 중북부에 있는 섬나라 몰디브 공화국의 공용어. 이 시는 알랭 드
보통 『일의 기쁨과 슬픔』이란 책의 한 부분을 그대로 옮겨 놓은 것이다. 부제처럼 글자그
대로 표절한 것이다. 삶의 기쁨과 슬픔 앞에서 터져 나오는 욕설이 그렇게 통쾌할 수 없어,
표절이나마 노동자에게 경의를 표한다.

철딱서니 -연가13

오월이 오면,
연둣빛 신록에게 참 미안하다
그때, 팔십 년대를 지나오며
우리는 대낮임에도 왜 커튼을 치고
삼삼오오 모여서 비디오를 틀었을까
비 내리는 영상 속에서
국민의 군대가 국민을 살육하는
영화보다 더 영화였던 무성기록을 보며
변사를 그리워했던 팔십년 대
말문을 잃는, 나는
구제 불능한 철딱서니였다
오월이 한참 지난, 팔월의 막바지
한 외국인이 모시고 갔던
택시 운전사를 모시고
오월의 성지에 읍揖하다, 아직도
산천은 왜 저리 대낮임에도
짙푸른 녹음으로 커튼을 두른 것일까
무엇이 부끄러워 산천을
가린 것일까, 짙푸른 함성으로
또 무엇을 외치자는 것일까
이럴 때마다
반도의 한편에서는, 아직도

피로 물든 똥별을 영웅이라 부르며
어둠으로 가린 핏빛 자서전을 펼치다니
검은 하늘을 하얀 땅이라 기록했던 언론,
몇 장 몇 절을 옮기다니
암흑의 땅을 붉은 하늘이라 방망이를
두드렸던, 육법전서를 들추려 하다니
물이 산으로 흐르려 하고
해를 서쪽에서 띄우려 하는
반도의 한 편에서는 아직도
얼굴 없는 사람들의 세상이
뿌리를 흔들고 있다, 흔들리고
흔들려도 꺼지지 않는,
짙푸르게 타오르는 갈맷빛 촛불,
연둣빛 신록에게 참 미안하다
오월이 오면

참치인생 -연가 14

이 저주 받은 생물 참치는
꺾일 수 없는 존심 때문에 가차 없이 앞으로 나아갈 수밖에
없다, [실은 부레가 없기 때문이다]*
해류를 타고 멈출 수가 없다, 그렇지 않으면
바다 밑바닥으로 떨어져 죽고 말테니까
이렇게 쉬지 않고 평생 꼬리를 구부렸다 폈다,
탱탱한 살맛은 덤으로 얻는 매력,
독특한 입맛을 얻는 대신, 멸종의 족보를 얻어
박물의 사전 속으로 시속 50㎞로 달려갈 뿐이다

내가 달려온 바다에서도 그랬다
쉬지 않는 미덕은 덤으로 얻은 매력
교과서는 인생을 바다라고 가르쳤다;
헤엄치지 않으면 바다 밑창으로 고꾸라져 죽을 것이라,
겁을 줬다, 누가 얼마나 빨리 달려가는가,
등위는 속도였다.
그리고 얻은 훈장이 인생빠르기ー
내가 젊어서 시속 3,40㎞로 달릴 때,
그 느림이 얼마나 두려웠던가
마침내 내 인생에도 승리는 눈앞이다. 이제는
시속 60㎞를 가볍게 넘어, 70㎞도 아무렇지도 않다
머지않아 그 누구도 따라올 수 없는

결승선에 서게 될 것이다
목에 건 메달에는 이렇게 기록될 것이다
[승리의 원동력은 부레 없음]

* 알랭 드 보통 『일의 기쁨과 슬픔』에서

냄새를 읽다 -연가 15

들고양이는 뼈가 풍기는
본질을 안다, 근본은 본bone이다

어둠 속에서도
근본을 찾아 헤매고 다니는 길에
만난 버려진, 앙상한 실상

내 뼈에 붙은 알량한 살점 몇 량量
굶주린 고양이를 만나기만 한다면
아마도, 한 점 남김없이
그녀의 후각에서 길을 내리라

부엉이가 밤새 내려다보는
느티나무 나무 아래, 민첩하게
척결剔抉하는 익숙한 독서시간

가을 삽목 -연가 16

해피트리란 나무가 있다
Happy Tree일 터이지만, 굳이
행복나무라고 발설하긴, 좀…

해피는 아마도 그럴 것이다,
아무데나 싹둑 잘라 꽂아도, 살아나는
나무일 것이다

뿌리 없이 옮겨놔도
쌀밥을 벌고,
한글로 편지를 쓰고,
연애도 하느라 줄기차게 잎을 피울 것이다.

동거녀 나비도 해피 할까,
202호 스테판은 고양이만 끼고 산다.
그는 남아프리카공화국에서
옮겨온 나무다.

음악으로 피운 꽃 -연가 17

내가 지대로 음악귀신에 씌우기 시작할 무렵
나의 선지식께서
옷자락 깊이 숨겨 오신 음반을
무슨 비밀지령처럼 건네주셨다
왜말로 쓰인 표제에는
고구려 벽화에 계신 현무玄武가 춤을 추는데
한반도에선 제 나라 음악도
반동이었을 때,
나는 숨어서 더블 콘체르토 깊은 품에
나를 묻어두곤 했다.

ISANG YUN "IMAGES"
하인츠 홀리거의 오보에는 그냥 한숨, 같은
슬픔의 그늘이었고
오렐 니콜레의 플루트는 그저
철모르고 떨어지는 동백,
그 꽃잎이었음을……

세월의 강도 흐르기는 흐른다는 것을
한참이나 지나간 강가,
라인강 언덕에, 아조 '유쾌한 정숙씨*'께서
동백 한 그루를 안고 가시어

밝은 웃음역사도 함께 심으시는
그림을 본 날

나는 다시 예의 그 음반을 꺼내어
더블 콘체르토에 나를 묻었다.
다시 안겨 애무하자니
홀리거의 오보에는 현무의 춤사위였고
니콜레의 플루트 또한
웅비하려다 '상처받은 용**' 그 몸부림이었음을
한 밤 가득 떨어지는 동백,
그 꽃잎이었음을……

* 2017.7.5-대통령부인 김정숙 여사는 윤이상 선생의 묘소에 통영에서 가져온 동백나무
를 심었다.
**루이제 린저와의 대담집 「윤이상, 상처 입은 용」에는 그가 받았던 모진 고문들과 수감
생활이 세세히 묘사되어 있다.

젊은 노을 -연가 18

나는 세상을 깔 맞춤하려
했다, 로봇 닮은 공수부대원을 동원해서라도
얼룩무늬로, 갈아입히려 했다
그림 그리는 일이 구원이라는 귀의 화가*,
그의 광기처럼
시가 구원일 수 있다고 믿었던 미친 시절
나는 단 한 점의 시도 팔지
않았다, 아니 팔리지 않았다
좌판에 색깔 없는 기성복을 펼쳐두고
길거리에 나앉지도 않으면서
명함을 팔려 했으니, 정신을 도매하려 했으니
팔릴 리가 없었다, 그때는
팔리고 싶었으나, 팔리지 않았고
이젠, 팔리기 싫어서 팔지 않을 뿐―
그래서 박리다매를 붉은 잉크로 그리지 않으며
원가판매를 하얀 먹을 찍어
입춘 축처럼 내걸지도 않는다
펜은 파리 한 마리 잡을 칼도 아니어서,
붓으로 구성궁체九成宮體를 연습할 수도
없어서, 이젠 내 로봇들이 나의 병영에서
탈출해도 방관할 뿐―
원고지 칸칸마다 자물쇠를 채워도

달아나는 노을의 틈새마다 시간의 상처를
흘리고야 만다, 그러고 보면
어느 길목에서인가, 모두가
깔 맞춤으로 유니폼을 갈아입을 뿐ㅡ
그때를 위해
이리 오래 무명의 좌판을 펼친 건
아니었다, 다만 아직도 그려야 할
저리 살아갈 젊은 노을을 지켜볼 뿐ㅡ

*화가 고흐(1853~1890)가 동생 테오에게 보낸 편지에서.

어떤 선물 -연가 19

들깨는 연필도리깨질에 털리며 그랬을 것이다,
내 장차 누군가의 내재율로 발효되어,
고소한 시가 되리라,
그랬을 것이다, 또는
된장 항아리 속 둥근 시간에 절여지는 동안,
들깻잎도 덩달아
성깔 나는 내 향기로 발효되어
묵정밭을 갈아엎는 들바람이 되리라,
다짐했을 터이다
세 낱 중에서 겨우 살아남은, 한 알
메주콩 한 솥
검붉은 팥알들도, 완장을 두르거나
빛나는 계급이고 싶었을 것이다, 다만
바람 빠진 풍선을 부풀리는 것
빛바랜 머리카락을 휘날리는
무딘 일침— 그것은
황홀한 무심으로 영근 대추알 가을일뿐,
어찌 떨어지고야 말, 약속이겠느냐며
군말이 없다

문패 없는 문간에서 환대받는

사이 – 참 많은 고랑과 이랑 —
무성한 잡초들 틈에
궁리 많은 알들이 둥지를 튼다

눈이 내린답니다 -연가 20

그래요?
그렇다면 어서 방한모에 털장화를 챙겨야겠군요.
그래요, 얼마 만에 듣는
비님이 오신답니다, 처럼 가뭄 끝에 만나는
따뜻한 북방열차던가요!

그래요!
그렇다면 타다만 심지를 다시 세워야겠군요
그래요, 소곤대듯 타들어가는
불빛을 세워, 밤을 새우노라면
처마 끝에 닿는 적설량이라니요!

눈이 내린답니다
이 한 자락에
백양나무 바람소식 담긴 북방한설이 따라오던가요?

사랑이 오신답니다
~처럼, 눈으로 듣는 일기예보를 따라
마구 설레어도 눈사태가 나지 않아요
민간어원설, 설, 설…

설렘은 雪[눈]에서 씨앗을 받았을 거예요
아니면 설날이 꼬리 연을 날렸을지도…

내일이 오십답니다
분명하지 않는 민간통신을 받아, 분명하지만
연착하지 않는 말씀의 정거장에 내리며

2018_칼국수와 수제비

한 우물

빗방울이 고집을 부려,
바위를 뚫을 때
나는 그저 한가롭게
나뭇잎들의 굴신을 우러렀다
견고함에 대하여
적의를 느끼지 못하게 되기까지
오랫동안 내려왔다, 달려왔다
사랑이라는 장력에 대해서도…
열 번의 도끼질
백 번의 편지질
천 번의 삽질 끝에
얻을 수 있는 것조차,
한 모금 청량감—
길어 올리고 보니, 두레박에는
겨우 잠에서 깨어난 몇 점
시들이
찰랑거리며 흔들리며

토마토주스

겨울에게도 속옷을 차려 입혔으면,
빌린 잠시를 물들여
내 허기를 속속들이 채울 수 있을까

내가 이 건너갈 수 없는,
건너 올 수도 없는
나루터에서
아무리 손짓해도 회항하지 않는, 배
사공을 부를 수도 없다니

이 짧은 항해의 끝, 이라고 쓰려다
이 막막한 항로의 뒤를 돌아보고 나서야
비로소 말의 말이
고삐를 놓는, 그곳에서

나의 사공은 바로, 나였음을―

그래도, 닻을 내리는 지점까지[그게 어디일까]
식지 않은 손길로 잡아주는 날까지
[그게 언제일까]

분홍 계절을 손짓하는 이여,

계절의 훈풍이여~
붉은 속살을 풀어 나를 채우시다니

숨구멍

겨울 한복판
겨울호수에는, 북방 손님들이
얼지 않은[不凍]의 측은지심 주위에 모여
숨을 고르고 있다
부동의 자세로

사위는 온통
적의, 숨은 총구멍들뿐
숨 쉴 곳은 그곳뿐이라는 듯

내가, 날개를 접고
그대 가슴에서 숨을 고르는 동안
북방에도 봄은 올 것인지,
오고야 말 것인지…

봄눈 - 春雪, 눈은 가슴에서 내린다

일곱 살 적 눈강아지가 언젠데
칠십에도 눈이 내린다며
아내가,
창밖을 바라보며 풍금소리를 낸다

왜 모르겠는가?

동요나라의 공주였을
캐럴마차의 방울소리였을
꿈꾸던 소녀의 애창곡이었을…
켜켜이 쌓인 적설량,

풍금마다 잃어버린 노래가 있다는 것을
왜 모르겠는가?

춘포 春砲

귀막고 저 발화를 보거나
눈감고 저 발가숭이를 만지자면,
그럴 것이다, 꼭 그러리라…

상춘賞春하는 눈길들로 산마루가 환하다

어젯밤 대포소리가 어찌나 요란 턴 지,
저리 지랄맞게 터지느라, 밤새 잠을 설쳤구먼―
[하늘을 뻥~ 뚫어 구멍을 낸,
　벚꽃축포에 발길 멈춘 시우가 그랬다]
나 역시 지난밤 벌거벗은 꿈을 어루만지느라,
내 손 지문이 닳도록 도화색을 그려 밤을 도왔던지―
[산허리를 온통 전세 낸,
　복사꽃벌떼를 향하던 문우가 그랬다]

낙화시절을 잊은 산마루엔
흐드러지느라 여념이 없는 노을,
꽃들 역시 붉기만 한데…

별자리

봄비가 휴전 전야처럼 내린 밤
아침은 끝내 지상에, 보기 드문
하늘을 내려놓았다

요즘 부쩍 심해진 먼지들의 가림막 때문인지,
도무지 영업이 아니 되는, 점성술도
마침내 스스로
고층아파트 난간이나 마포대교를 택한 것인지…

발 디딜 틈을 찾으며,
장렬하게 산화한 별들의 죽음을 조상弔喪하노라니

어디쯤에서 들려오는 잃어버린 동요—
푸른 하늘 은하수가 출렁거리느라,
북두칠성마저 찾을 수가 없구나

어떤 자서전

모든 핏물은 스스로 강물이 되어 흐른다.

매사추세츠 해안에 정착한 청교도들은 스스로를 〈해안의 성자
들〉이라 칭했다. 이 백인 성자들은 왐피노그 족, 피쿼트 족, 나
라간세트 족, 니프무크 족, 인디언들이 기독교를 받아들이길 거
부하자 화가 났다. 마침내 존 메이슨 대장이 이끄는 청교도들
이 갑자기 〈신비주의의 강〉(미스틱 리버)이라고 이름 붙인 샛
강 하구의 피쿼트 족 마을을 공격했다. 그들은 마을에 불을 지
르고, 불길을 피해 달아나는 마을 주민 7백 명 대부분을 학살했
다. 끔찍한 광경이었다. 공격의 대열에 참가했던 코튼 목사는
다음과 같은 기록을 남겼다. "인디언들은 불에 구워졌으며, 흐
르는 피의 강물이 마침내 그 불길을 껐다. 고약한 냄새가 하늘
을 찔렀다. 하지만 그 승리는 달콤한 희생이었다. 사람들은 모
두 하느님을 찬양하는 기도를 올렸다."*

모든 강물은 스스로 나무가 되어 자란다.

4.3 한복판에서 가장 잔인했던 대학살이 1949년 1월 7일 일어
났다. 세화리에 주둔한 2연대 3대대 병력이 대대본부가 위치한
함덕으로 가다 무장대 습격을 받았다. 군인 2명이 숨졌다. 북촌
리 마을 원로들은 시신을 대대본부로 가져갔다. 하지만 그들을
기다리고 있는 건 총구였다. 군인들은 경찰 가족 1명을 빼고 모

두 사살했다. 이날 오전 11시 2연대 3대대 병력은 북촌리를 덮쳤다. 군부대는 마을을 포위한 뒤 할아버지부터 어린아이까지 1000여 명에 이르는 주민들을 전부 북촌초등학교 운동장에 집결시켰다. 그리고 400여 호에 이르는 가옥에 모조리 불을 질렀다. 이어서 운동장에 모인 주민들을 남녀노소 가리지 않고 수십 명 단위로 끌고 나가 학교 인근 〈당팟(밭)〉과 〈너븐숭이(넓은 쉼터)〉에서 집단 총살했다. 이튿날까지 자행된 광란의 북촌리 학살로 희생된 주민만 400여 명…매년 그날이 오면 북촌리 사람들은 한날한시에 합동위령제를 지낸다. 생존자들은 말한다. "눈 덮인 늙은 팽나무는 70년 전 그날도 그 자리에서 죽어간 이들을 지켜보고 있었다."**

모든 나무는 스스로 붓이 되어 핏물을 쓴다.

*〈인디언 연설문집 『나는 왜 너가 아니고 나인가』(더숲.2018)에서〉
**〈『시사인』550호. (2018.4.3.자)에서〉

그리움이라는 것…

아무리 가위가 잘 들어도 [고향의] 그리움은 못 자르더라

민통선 섬마을 이발사 지광식 님의 일흔아홉 살 시어

[그러므로] 보고 싶다는 것은
2.5킬로미터 떨어진 뱃길 따라
지치지도 않고 자라는 머리카락을 자르는 일

이상하데 간절히 바라도 [아내가] 꿈에 나타나질 않아

최고령 장기수 서옥렬 씨의 아흔 살 시어

[그리하여] 보고 싶다는 것은
57년 전 헤어진 아내의 얼굴을 찾아
창살 없는 감옥을 날마다 탈옥하는 일

보고 싶다는 것
그리워한다는 것, 혹은 사랑한다는 것은

[그럼에도 불구하고] 지워질 수 없는 시어로
줄기차게, 줄기차게
그림을 그리는 일이다.

유목양봉 遊牧養蜂

낡은 구루마에
두세 권의 입성
날마다 먹는 서너 책의 음식을 싣고
머무르듯이 떠나 떠나듯이 머문다
[숙고하지 않은 삶은 살 가치도 없다]*
신선한 꿀을 찾아
이 꽃에도 앉아보고 저 꽃에도 핥아보지만
굶주림에 닿는 말씀은 언제나 달다
[바르게 아름답게 정의롭게 산다는 것은 모두 하나다]*
어느 날, 며칠, 혹은 몇 달 몇 해
천둥 번개 치고 비바람 드센 날
봉문이란 문 죄다 닫아 건 날
입에 몸에 풀칠 할 수 없어
배고픈 날
봉침 한 대 놓을 수 없이
날개 심심한 날
한두 숟갈의 설탕물에
일용할 양식마저 젖은 날
날개마저 상한 채,
멀지도 않고 가깝지도 않은
밀원을 찾아 떠나고야 말

*Socrates

봄비는 죽으라고…

시는 죽으라고 안 써지는데
비는, 봄비는
저리도 죽자하고 쏟아지는지ㅡ

어쩌라고,
아직 여물지 못한
저 내재율의 연두 이파리들
어쩌라고, 봄비는 저리도
당김음으로 떨어지기만 하는지

이 아물지 않는
은유의 그루터기, 겨울잠 덜 깬
은둔의 지붕 밑ㅡ
봄비가 자꾸만 정형률로
나를 끌어내고 있구나

저를 내려놓지 않고 무슨 꽃을 낳으려느냐?
봄비는 죽으라고
시를 쏟아내고 있구나

열 세 악기의 교향곡*

그날, 우리는 연주곡목도 몰랐지
실은, 지휘자가 두 분이어야 한다는,
좀 특별한 듀오 콘닥터라는 것 말고는 아는 게
없었지, 그래도 우리는 악기를 챙겨들고
지휘자의 지휘봉을 따라 연주하기로 했어
먼저, 그래도 이 땅의 오랜 지킴이가 꿔~꿩! 하고
심벌즈를 치며 시작을 알렸어, 뒤이어
방울새가 짹짹거리며 캐스터네츠로 호응하기로 했지,
다음엔 높은음자리 청딱따구리가 끼 끼 끼 끼 끼 트럼팻을 불었어
좀 젊은 지휘자가 잡인을 물리치려 지휘봉을 들었을 때
되지빠귀가 목청을 뽑았지— [속인들이 그랬다지—청아하다나—
예쁘다나—그게 무슨 뜻인지…우린 그저 우리 노래를 불렀을
뿐인데…]
대낮임에도 솥 적다~! 솥 적다~! 풍년을 예고해야지,
트럼본이 어찌 쉬고만 있겠어, 낮잠만 자고 있겠어?
이곳이 전쟁터가 아니라 숲이라는 걸 산솔개가 바이올린을 들
고 나섰지
바람마저 훈풍으로 머리카락을 날리는 무대에
오색딱따구리가 따발총을 쏘아대는 데도 아무도 놀람은커녕
파란 도보다리가 파아랑~ 파아랑~! 출렁이는 듯,
좋아라~ 좋아라~! 어깨춤이라도 추는 듯했어
알락할미새가 약음기를 낀 비올라를 연주하자

박새가 부드럽게 클라리넷을 불고 나섰지
직박구리가 연주한 첼로 선율은 또 얼마나 그윽했는지,
그럴지라도 지휘자 두 분은 악보만 들여다보시느라
우릴 쳐다보지도 않더구먼,
젠장이라니~!- [그래도 서운하진 않았어]
그럴 때마다 우린 더욱 연주에 몰두할 수 있었지
멧비둘기 구 구 구 구 구 오보에를 스타카토로 연주할 때마다
붉은머리오목눈이—, 햐~ 고 깜찍한 귀염둥이가
플루트를 들고 오선지의 행간을 오르내리느라 분주할 때
세계는 귀를 모으느라 조요~ㅇ 했으며
우주는 눈을 감고 명상하느라
한반도의 삼십 분이 남북으로 하나가 되었다지?
우리 열 세 악기 연주자들이 모처럼
쏠쏠하게 밥값을 했다며, 자랑질에 침을 튀기느라
판문점 푸른 숲이 왁자지껄 했다나 뭐라나,
그랬다지 뭐~!

*2018.4.27-〈판문점 도보다리에서 남북정상-(문재인 대통령, 김정은 위원장)-회담이
열리는 40분 동안 영상에 녹음된 소리로 13종의 새 소리를 확인할 수 있었다.-국립생물
자원관〉

칼국수와 수제비

말을 다듬어 시를 요리하는 주방에서
누군가 뜬금없음을 띄운다
[실은 가장 곤란한 조리법이긴 하다]

내재율이 뭐예요—?

누가 저 굶주림으로 가득한 몸에
찰랑거리는 포만을 채워줄 수 있을까

때마침 겨울 창밖에 눈보라 흩날리는
낙화 혹은, 나비 떼를
춤추는 바람결로 불러들이는 이라면

먹감나무 도마 위에서 차진 어감語感을 여러 겹 접어
칼국수를 치는 이라면

또 있다—
고상은 멀고 다급한 식곤食困으로
묽은 언어를 박달나무 주걱에 얹어 놓고
숟가락 거꾸로 잡고 뚝~! 뚝~! 뚝~!
언어의 살집을 끓는 물에 끊어 넣는 이라면

그의 허기는 이미;
더운 김 모락거리는 칼국수 한 그릇의 바람결이나
수제비 한 뚝배기의 포만으로
어렵지 아니하게 점령당하게 될 것이다

더불어, 세상을 노래하며
배부른 배고픔을 요리하게 될 것이다.

공항에서 - 내 가난한 시 1

홍콩공항 출입국장에서—
웬 한 떼의 벌떼들이 우르르~~~
안면 몰수한 젊은 남성들을 쫓아다닌다
저마다 손에는 빛의 수갑을 들었다
입은 야릇한 침묵과 흥분으로 채워진 대신
표정은 절체절명 絕體絕命;
저들이 홍콩사람인지 중국사람인지 아니면
세계를 조차租借한 인종들인지…
저들, 언어는 발끝에 달려 있거나
심장은 이동성 영혼임에
틀림없어 보였다

배웅 나온 며늘아기의 메시지가 당도했다
—아버지 들어가시는 모습 보려고 했더니 갑자기 홍콩중국 애
들이 벌떼처럼 몰려와서 오빠~안녕~잘가~ 하더라구요 걔들
땜에 배웅도 제대로 못했어요 그들에게 중국어로 물어봤어요
유명한 한류가수래요—

내 직유로 답신을 보냈다
네 아비는 가수보다 더 유명한 원류무명시인이다

잘 가고 있다
그 뒤에 젊은 사족 ㅋ ㅋ ㅋ …
을 붙여 발신했다, 왠지 자꾸만
내 시가 남루해진다는 생각 때문이었다

일기 - 내 가난한 시 2

만년필로 일기를 쓴다
설마, 만년을 홍당무로 남아 있겠느냐,
안심잉크를 채워 쓴다

주로 어린 왕자를 그린다
실패했어도 실패라고 실토하고 싶지 않은 날
고백하지 못하고 고달프게 괴로워했던,
짝사랑을 쓴다

몇 개의 만년, 필이 있어 마르지 않는다
참 대견한 내 골방
문방사우다

내일은 남문문구점으로 빈 노트를 구하러:
어제 청자연작을 건넨, 여류시인은
습작을 빚듯, 별빛으로 지켜볼 것이다, 만년—

벼루야, 가슴 밑바닥 뚫리지 않고
잘도 가슴을 치거나, 자주 쥐어뜯는 손길로
먹을 간다, 나를 간다

그렇게 날마다 나를 풀어 잉크를 만들어:
어쩌다 아침이슬을 시작하는 날—처럼
만년의 필을 기록하는 일은
가난을 가난으로 비우는 곳간이다

외신 - 내 가난한 시 3

내 옆구리 안테나에 잡힌 내신이 부르르 떤다

나홀로가구가 전년보다 29퍼센트 늘었다
세 집 중 한 집이, 나홀로밥상을 차린다는ー
식은 밥 먹고 뜨끔한 소식이 뜬다

외신은 언제나 뜬금없다;
영국에는 외로움장관 자리가 벼슬로 뜨고…
아이슬란드에서 외로움TF를 만들어 작전회의를 하고…
네덜란드는 고독방지예산 2600만 유로를 편성하고…
독일의회에서는 외로움문제를 의제로 삼아 토의하고…

뜬금없음은 뜬금없는 질병을 낳는다
속살로 속삭이는 진득한 다독임이
사랑장관 외로움통치약인 줄 알았다

뜬금없이 외로움도 나라가, 단체로 달래준다니
외신은 언제나 뜬금없다, [그래도]
뜬금없어 옆구리가 뜨끔뜨끔 진통이 온다

이웃나라에서는 특수청소업체가 호황이란 뜬금없음,

업종은 고독사뒤처리－
자격증 취득 열풍이 뜨겁게 불고 있다

나도 서둘러 특수청소업체 자격증을 따야겠다
딱 한 사람~
내 긴 그림자를 말끔히 지울 그날을 위해

[갑자기] 내 옆구리 지진계가 진동을 한다

장맛비 설명문 - 내 가난한 시 4

어젯밤 내내—
불면을 어렵지 않게 때려눕힌 것은
장대비였다

예쁜 언니의 패션만큼 곱지 않은 예보;
줄기찬 역설과 직설의 장철살인, 마저
설 곳 없음—
기상관측에 따른 음습한 골짜기마다
견강부회는 발을 붙이지 못해
쩔쩔매었다

내 시의 기압골마다
그렇게 장대비를 내렸고, 안개를 풀어두었건만,
한사코 가뭄에 장마를 구하고
장맛비에도 살아남을 우비만 찾는
학교, 혹은 퇴화된 문명의 시대
난독증

내 처마에서 장마철을 긋는 비둘기나
혹은 참새들;
수군대며, 장대비를 읽어내느라 소란스러운

문맹의 새들에게서ㅡ
겨우 행간에 숨겨둔 숨통, 물통에
물길이 트였다

녹음천지 - 내 가난한 시 5

바닷가에 서서—
자잘한 다툼의 언사가 힘을 잃듯이
힘을 잃고, 그저 침묵에 온몸을 빠뜨리듯이

녹음의 바다에 서면,
그 부드러운 완고함 깊이 나를 빠뜨리고 나면

어디선가 반짝거리고 있을,
내 안의 시가 지저귀는 소리 담으려는
한 마디 날갯짓조차
힘을 잃는다, 길을 잃는다

[힘을 빼고 길을 잃어도 숲에 있다니!]
그래, 이쯤에다 내 낡은 옷을 벗어두자—

평생을 쓰고 읽었을 침묵의 기록이
결국, 단 한 획의 청사였음을,
한 폭 뻗어 내리는 갈맷빛 등고선이었음을…

어디에다 수목장을,

어디쯤에다 묘비명을 세울까—

나무들, 푸른 재잘거림으로 키득거릴 뿐
대답 없는 푸른 함성 안에
야하게 벗은 나의 시를 재우자

긴꼬리딱새 -내 가난한 시 6

어매, 큰일 났다ー
이제는 긴 꼬리 자를 수 없어 큰일 났다
꼬리자르기 명수들 육룡들 야단났다
긴 꼬리 자르기는 해동海東이 그만인데…

[멸종위기종 야생동물2급 긴꼬리딱새가 6월중순 강원도 양양
군 숲에서 새끼들에게 먹이를 주는 모습이 환경단체에 의해 발
견됐다 세 가지 빛을 띠고 있어 삼광조三光鳥라고도 불리는 이
새는 국제적으로도 희귀조로 분류된다]*

여기저기 경향각지 통곡소리 진동한다
　차떼기도 날샜다ー
　비자금도 들통났다ー
　갑질흔적 지울 수 없다ー
　특활비도 꼼칠 수 없다ー
　계엄령도 물 건너갔다ー
　재벌돈질 쌓을 수 없다ー
여기저기 경향각지 통곡소리 진동한다

그래도 믿는 구석이 있긴 있다
허리 잘린 해동에서

꼬리 잘린 텃새들에 속아주는 재미로 사는
나 같은, 주인들도 있긴 있다

*2018.7.10.〈경향신문〉에서

복날과 삼계탕 -내 가난한 시 7

무더위가 제철을 만난 날
그늘천막 아래서 번호표를 받고 서 있는, 날
참 신기하게 바라보는 누가 있었다.

[재규어가 우리를 바라볼 때, 재규어는 자신을 인간으로, 우리
를 자신이 잡아먹을 동물로 보고 있다. 우리에게 피인 것이 재
규어에게는 맥주다*]

제의는 존경과 숭배다
식인의 오래 전 식습관이나
백세에 얻은 자식을 구워 바치려는 믿음이나
먹는 자는 홍동백서요
먹히는 자는 잘 익은 시루떡

그늘천막도 없는 시간광장에 서는 날
내 번호표를 들고 서 있는, 널
참 기특하게 바라보는 누가 있었다.

*에두아르두 까스뜨루 『식인의 형이상학』에서

채송화, 꽃피는 여름 -내 가난한 시 8

아비의 일자리 따라 중국에서 몇 년
더부살이하던, 손주 셋이 들이닥쳤다

말 배우던 아이가 유치원생이 되고
유치원생이 초등생이 되고
초등생이 중학교 문턱에서 돌아왔다

유치원생은 중국어로 동요세상을 노래하는데
초등생은 할아비 영어발음 교정사로 세계어를 논한다
중학교 문턱에서 돌아온 큰 손주는
봉긋 솟은 찌찌를 감추느라 모국어도 외면하는데,

[화분에서 웃자란 채송화를 무더기로 잘라 다른 화분에 꽂으니
언제 이민 왔느냐는 듯 아침창문을 화사하게 여느라 분주하다
저 근심걱정 없는 채송화, 꽃들에게 누가 입힌 천진난만 순진
은 가당키는 하다만, 가련은 굳이 왜 붙였을까]

저 꽃들의 여름나기가 끝날 무렵—
서가에 홀로 꽂힌 내 시집처럼
홀로 서는 그날이 오고야 말 터인데…

밀행보살 -내 가난한 시 9

나는 그저
숨어서 빗질하는 동부새가 될거야
나는 또 그저
밤길을 걸어 새벽을 여는
숲, 오솔길이 될래
그러고야 말거야
장막을 걷어내고, 휘덮인 풍문을
걷어내고
소세를 마친 아침, 하늘창문을
열거야, 그러고야 말거야
성가시게 달라붙는 불쾌, 지수 높은
계절도— 습기 높은 추문도
청산하지 못한 언약도
미숙한 사랑도
힘겹게 넘기며, 산들바람 풍차 돌리는
가을이 될래,
삽상한 한 자락 계절이 될거야
그러고야 말거야

언제든 침엽수로 매달렸던
내 시집의 활자들처럼, 숨은 정령들처럼

나는 그저—
잠깐 다녀갔다 오래 후회하는
역사는 되지 않을래,
그러고야 말거야

살찐 불안 -내 가난한 시 10

- 가난은 사회로부터 완전히 자유로운 것이다. *

오랜 만에 만난 그가 그런다
많이 수척했구려, 어디 불편한 데라도…
[이놈의 체중계를 없애든지 해야지]
새벽마다 몸을 책상에 올려놓아도
눈금은 바르르 떨며 제자리
—몸의 제 자리는 어디일까
그래도 날마다 무거워지는 불안, 혹은
불면의 비만 때문에
실은 많이 불편했다
[이걸 무슨 저울로 달아야 할까]
심보에 가득한 이 기름덩어리를…
—정신의 제 자리는 어디일까,
실은 그보다
더부룩한 불쾌감이 문제다
조간신문에서— 유치원 아이가 닫힌 의무 안에서
인터넷에서— 일가족의 집단침묵 현장에서
우편함에서— 초대장 부고장 알림장에
무거운 낱말들이 가벼운 날개를 달까

그러다가, 단번에 쏟아버릴
쾌변의 식이섬유를 스크랩한다

마음이 사회로부터 자유로울 때 가난은 놀랄 만큼 아름다운 것
이다*

그랬구나, 복부에 낀 기름덩이로부터
질척거리며 부자유한 관계,
그 추한 저울의 무게였구나.
[제 자리를 잡지 못하는 형이상학의 눈금……]

*지두 크리슈나무르티

2019_ 훼손도서전시회

스타게이트 stargate

하늘도 별도 사랑도 독해하고

아라비아도 손가락셈으로 정복한 다섯 살 손주

까만 창을 여닫으며―

할아버지, 그런데 진짜 별은 어디 있어요?

난감한 하늘을 보여줄 수도

내 무명시를 들려줄 수도

생글거리는 웃음을 어루만지며

쪽~

요기 있지!

내 안에 누군가를 둔다는 것

나는 나를 모른다, 아니
나를 안다,
안다를 앓이라고 하자 앓다가
따라와 먼저 자리에 눕는다
내 삶의 목적은 부패일 것이다*
응급실에 실려 온 날
[응급실에선 누구나 직립하지 못한다]
겨우 그를 맞이했다
그의 차가운 행복이 비로소
나의 안에서 꿈틀거리며
아는 체했다, 뜨겁게
누군가를 내 안에 두자
비로소 모르던 내가 나에게
아는 체한다
진즉 나였던 앓들이 신음을 내자
내 안의 누군가가, 그런다

　두려움은 즐거운 것
　삶은 앓는 것
　차가움 앞에서 뜨거울 것

췌장암 말기 환우의 손을 잡으며
쉬운 절망을 더 쉬운 희망으로
발설했다, 아마도
내 삶의 목적지도 다르지 않을 것이다
내 안의 누군가처럼…

*페르난도 페소아

매일 출가하는 꽃

절간 앞에 홍매화가 만발했다
[사진으로 봤다]그걸 보고 있자니
…연분홍 치마가 봄바람에 휘날리더라…*
[방정맞는]흥청거림이 흥얼거렸다

내가 더부살이하는 녹지공원
백매화가 활짝 피었다, 절간도 아닌데
[백내장 걷어내고 봤다]아무리 용을 써도
…오늘도 옷고름 씹어가며…*
[억지로라도] 노래가 노래되지 않았다

출가한 홍매는 저리 등불을 밝혔는데,
가출을 결심한 백매화는, 언제쯤
낙화심지를 켤 수 있을까

나를 보지 않고도 믿는 자들은 복되도다**
…꽃이 피면 같이 웃고 꽃이 지면 같이 울던…*
봄바람에 실려 가는 꽃 꽃 꽃
지금, 여기서―

신나게 출가하는 중이었다

새, 사진에 담다

겨울이 겨울답지 않은 겨울도 있다

동네 쌈지공원 덜 추운 겨울을
걷게 하는 오솔길에
카메라를 무슨 기관총처럼 장전한 사격수들이
진을 치고, 뻗치고 있었다

여남은 걸음 떨어진 겨울나무에
빠알간 홍시며 더 빨간 오미자 가지며
그 밑엔 옹기그릇에 물까지 마련해 두고
적들이, 아니 새들이 날아들기를 기다리고
있었다 새들은 알까
아무리 겨울답지 않은 겨울이라지만
평화라는 고급한 먹이가
이리 쉽게 차려진다는 것을

싱가포르인가 하노이인가에서도
그랬다 수백 대 카메라가 먹잇감을 차렸는데도
가장 빨간 깃털과
미다스 손을 가진 새들은
호락호락 내려앉지 않았다

깃을 접지 않았다

겨울답지 않아도 겨울은 겨울이다

궁색한 꽃말

네 아래서
너를 담는다, 네 안에서
나를 버린다
말을 타지 않는 몸을 버리니
말이 필요 없어
꽃이 피더라

말소리의 공명共鳴처럼
꽃은 피고
돌아오지 않는 어제처럼
꽃은 지더라

네 아래 앉아서
어제의 빛화살을 온몸으로
과녁삼아 견디노라니
네 안에 들어서
낙화하듯 오늘이 왔다

멀지 않은 곳에서
  저녁놀 꽃은 피고
멀지 않은 곳에서
  아침놀 꽃이 진다

조명탑수리공

봄이 낙화로 여무는 어느 날
경기장 밖에서
경기장 안을 기웃거리다가
수십 미터 고공에서
수십 개 전구들 사이를 날아다니는
까막까치 새를 보았다,
불 나간 전구를 갈아 끼울 때마다
나이트 경기장은 대낮이 될 터

그가 어둠을 밀어내는 노동은
몇 와트의 전류로 흘러
공정한 경기를 심판할 수 있을까

내가 무명한 시 한 편을
어둠세상 조명탑에 갈아 끼우려는 것도
실은 그의 노동에서 배운
까막까치 날갯짓일 뿐

어디쯤 봄이 왔을까
-전라도, 천년의 노래

모든 창문을 남쪽으로 내는 방법을 물었다
난센스 퀴즈냐니까
아니라고, 참말이라고 했다
과학남이 답했다
[북극에 집을 지으면 되지]

봄은 어디서 오느냐는 질문을 받았다
누굴 바보로 아느냐니까
아니라고, 리얼하다고 했다
진실녀가 말했다
[봄은 산 너머 남촌에서 오지]

화신花信 등고선 따라 북상하는 아지랑이
섬진蟾津 물줄기 따라 만발하는 매화
무등無等은 너나없이 벚꽃천지다
지리智異 산골짜기마다 터져나는 고로쇠
모악母岳 어미가슴팍에도 진달래꽃은 피었다
천년 동안 피고 지며 꽃소식을 전한 땅
[땅밑은 얼음냉골이고 땅위는 겨울공화국, 전라도!]

배고픈 행복사람을 앞에 두고

배부른 불행남녀가 물었다
평화가 밥 먹여주느냐고
대꾸조차 성가신 땅이 되묻는다
[어디쯤 봄이 오기는 오는 것이냐고]

어렴풋한 봄날

봄비가 내렸던 것 같다
옷깃보다 먼저 눈길로
넘기는 책장 소리,
습기 많은 소리 때문이다
그렇게 젖은 봄이 벌써
몇 해였던가
아무도 아무것도 나를 대신하지 않는
나날—
그런 날들이 겹치며 쌓이며 흘러왔다
오지 않는 어제나
오고야마는 오늘처럼
아무렇지도 않게, 어렴풋한 날들
남루로 가득한 집이
펄럭거리지 않는 책들의 무게로
무겁다—
꽃이 그냥 꽃으로 피는 날
새가 그저 새로 나는 날
그런 날들을 굳이
아름답다—
발설하지 않아도 좋을
어렴풋한 봄날이 왔다
간다—

오염된 시간

쌀밥 뜸 들이려
졸리는 새벽부터 백팔 배로 군불 뗀 일
뜀박질에 가속 페달 밟아
청춘부터 여기까지 산을 오른 일
부실한 근력은 놔두고
국민보건체조로 정신을 개조시켜 온 일
자투리 밭 사과를 익히려
가을날 마지막 햇볕까지 치근댄 일

사랑이라며
사랑한다며
사랑하겠노라며 통키타를 퉁긴 일, 말고
단 한 일도 맑은 날 없으니

비로소 저작하는 일이
저작하는 날보다 갠 날이어서
물든 나를
지우다 쓰다 지우는 나날

훼손도서전시회

내가 범인이다
피 끓는 사춘기 어쩌다 만난 천연色잡지
서양 여인들 알몸사진 훔쳐보느라
구겨진 몽정의 흔적들
내가 범인이다
사계절 빙점氷點이던 성장기 가난 때문에
내 눈물샘은 언제나 장마철ㅡ
눈물 젖어 못 쓰게 된 소설, 소설책들이라니
내가 범인이다
선의 황금시대를 살다 황금만 빼내고 버려버린 책
신과 나눈 대화를 듣다 정작 신을 잃어버린 책
말의 힘을 얻으려 용쓰다 말만 앞세운 책,
사람됨의 참뜻을 찾다 뜻만 찾고 사람됨은 글러버린 책
김대중 죽이기를 엿보다 살의殺意 때문에 죽여버린 책
텅 빈 충만을 흉내 내다 텅 빈 골로 나를 버려버린 책
이 모든 범죄자는 바로 나다
그래도 정신 못 차리고
도스토예프스키 전집을 통째로 묶어둔 죄
파블로 네루다, 옥타비오 파스를 숨겨두고
숨 쉬지 못하게 한 죄ㅡ
쉼보르스카의 노벨상을, 브레히트의 정의를,

심지어 가브리엘라 미스트랄의 신의 얼굴을 훔치느라
정신 못 차린 죄—
내가 범인이다
불행 중 다행인 죄도 허물도 있긴 있다
최근 저지르고 있는 현행범—
페소아 불안의 책을 만난 비참한 기쁨에
내 감당할 형벌의 형기를 자청한 일,
붉은 색연필로 지면이 철徹하도록 훼손한 일,
험하게 밑줄 좌—악 치며 내 불안을 덧씌운 일
그 불학무식한 죄과—, 그로 인해
책의 감옥에서 종신형을 산다 해도,
나는 나를 훼손하고야 말 것이다
내가 바로 범인이다.

트러플Truffle* 탐지견

이럴 때 난 시를 풀어놓는다
한 뼘 땅속에 숨은 나를 찾으라며

어린 상주 광목상복 치렁거려
산으로 숨어들어 숲이 되고 싶은 날,
이따금 봄비 내려 애창곡 몸살 하느라
철없는 풋사랑 발작하는 날,
이명마저 저 홀로 고요를 방해하느라
소쩍새 메아리쳐 받침대 허무는 날,
뒤집어써도 좋았을 억울 때문에
여름꽃들 소나기 맞듯 낙화하는 날

그리고 무엇보다도, 그렇다
눈으로 입으로 독경하기보다
가슴으로 젖어들어 나이를 거꾸로 먹는 날

이런 날들이면 난 내 충견을 풀어놓아
한 꽃송이 피우는 한 곡조를 찾는다

*Truffle-캐비어, 푸아그라와 함께 세계 3대 식재료 중의 하나인 송로버섯

2020_ 금지된 벚꽃

도반 道伴

이명耳鳴이 코골이를 만나

따져물었다

내 안에 네가 사는 줄 아느냐?

그러자

코골이가 이명에게

쏘아붙였다

내 고요한 잠을 깨우려느냐!

아침신문

검은 우유가 배달됐다
내가 마실 피와 고름을 담은 채
하얀 잉크를 유리컵은 배반하지 못하듯이
백수광부— 나의 일상도,
끝내 마시지 못할 것이다,
않을 것이다, 이를 마신다면
복 받지 말아야지
착하지 말아야지
멍든 아우성으로 가득한 세상
그것을 받아 새길 줄도 모르는
문맹의 나날
독서식탁에 바치는 기도는
언제나 방언—
주지도 않으면서 많이 받으라는
선물처럼
받지도 않으면서 적게 받으려는
불행처럼
읽으면 읽을수록 내장은 썩고
쓰면 쓸수록 세상은 어둡다
검은 잉크를 우유처럼 마시며
착하지 않게 방언하느라
지상은 지금 한창 지상이다

금지된 벚꽃
-2020년 춘경, 낙화유수1

세상에 이런 독재가 없다
꽃을 쳐다보지도 말라
한다 벚꽃을 구경도 하지 말라
한다 벚꽃그늘 근처에 가지도 말라
한다, 그런다고 그렇다며 그렇게
역적 이순신을 주리 틀라면
주리 트는 시대처럼,
백성처럼—
불량선인 류관순을 발가벗기라면
발가벗기는 제국처럼,
밀정처럼—
빨갱이 김대중을 수장하라면
수장하는 유신처럼,
충견처럼—
꽃을 외면할 수는 없다
꽃을 그냥 두고 볼 수는 없다
꽃을 쳐다보지 않을 수는 없다
나는 오늘도 홀로 앉아
내 꽃잎을
한 잎, 한 잎, 또 한 잎
흐드러지게 피워내고 있다
써 내고 있다.

목련꽃 편지
-2020년 춘경, 낙화유수2

동네 쌈지공원에 편지 쓰러 갔다
매년 봄마다 하는 노릇이다
백목련 한 그루가
편지지를 펼쳐들고 서서
내 말을 받아 적은지 꽤 오래 되었다
그런데, 올해는
내 안부를 전하기도 전에
내 잘못을 말하기도 전에
내 허무를 채우기도 전에
심지어 내 사랑을 고백하기도 전에
편지지를 모두 떨어뜨린 채
하염없이 눈물짓고 있다
직박구리 한두 마리가 찾아와
한두 마디 위로를 건네기도 하였지만
도무지 들으려 하지도 않았다
때마침 어깨를 두드리는 봄비,
그와 함께—
사람이 없는 동네 쌈지공원에서
홀로 소리 없이 울기에 좋았다

유채꽃의 비명
-2020년 춘경, 낙화유수3

내 학습노트를 갈아엎은 건
내 청춘의 종착역이었다
내 첫사랑을 갈아엎은 것 역시
내 성숙의 간이역이었다
그리고 나서
내 의자높이를 주저앉힌 건
괘씸하기 짝이 없는 시,
말 같지도 않은 시의 침략 때문이었다
나를 부수기에 충분한 전투력
시의 간섭 때문이었다
그런데 난데없는 벼락 소식에
내 공부가 또 한 번 무너졌다
꽃을 갈아엎다니
유채꽃을 무찌르다니
유채꽃밭을 침략하여 노략질하다니
그리고 보면
양파밭이나 무밭 배추밭, 심지어
마음밭까지 갈아엎는 건
결국은 사람발길 때문이구나
잦은 발길이, 오히려
저 꽃밭들을 갈아엎고야 마는구나

중독증상
-2020년 춘경, 낙화유수4

밥이 끓어 넘친다며,
라면이 불어터진다며
식탁종이 벌써 몇 번째 울렸다
붙박이 접선에 묶인 부자유를 자유하느라
스스로 묶은 포승줄을 풀지 않는다
선진국이라기보다는,
망해버린 로마제국이기보다는
덜 망한 반도의 식민지 노예,
그의 부자유로 살아온 한 평생이다
앞집 옆집 불구경도 그렇지만
먼 동네, 고장 난 선진엔진이 타는 냄새
진동한다, 터져버린 욕망의 진열대가
텅 텅, 탕 탕 총소리에 놀라 비워진다
나는 뭐가 두려워
부자유를 탐닉하는가, 스스로 포로인가
내가 그린 자화상보다
네가 그린 내 모습이 나를 묶는다
우리는 우리를 미화하지 않는다
오로지 반사광선에 찍힌 은행잔고만이
미화거리가 된다, 기사가 된다
덕분이다. 휴지들의 이간질덕분이다
조로한 기레기들의 난장덕분이다

이제는 스스로 붙박이 전선의 포로이므로
밤의 총통―, 그의 난사에도 무릎 꿇지 않는다
중독은 중독만이 해독제이므로

즐거운 어용
-2020년 춘경, 낙화유수5

나를 그들의 때밀이로 써도 좋다
분단을 철거하는 가위손이어도
무방하다ㅡ,
아버지의 아버지, 그 아버지의 할아버지, 할아버지
거슬러 올라가보아도 증현고조고가 선대부겸통정대부신위 말고
불려가 쓰인 적 없었건만
스스로 임금의 부실한 신하가 되련다
다른 동네 추장들이
줄을 섰다, 어떻게 하면
주술사의 진맥을 받겠느냐며 줄을 섰다
언제 이렇게 우리 동네 추장이
동네방네 소문난 추장들의 추임새를,
한 손이나마 침술을 얻겠느냐며
장거리 왕진을 부탁받은 적이 있더냐
성능 좋은 손화살로 적을 공격하면
네 손가락은 나를 찌른다,
우리네 추장은 다섯 손가락도 모자라
열손가락을 열어젖히고 적마저
섬기려 든다, 치료하려 한다
세상에서 가장 아름다운 것*이 정치라면
이 봄에는 우리동네 추장이
세상에서 가장 아름다운 산이요 강물이다.

산기슭과 강언덕에 무수히 돋아나는
저 봄꽃들이
간증하느라 웃음꽃을 피우지 않는가

*김선굉의 시 『세상에서 가장 아름다운 것』에서

춘풍낙엽
-2020년 춘경, 낙화유수6

나는 가을이 좋다,
시들어 떨어지는 내 모습을 관조할 수 있는
몇 안 되는 절호이기 때문이다
인생그림이기 때문이다
그런데 금년 봄에는, 아직
신록도 피지 않았는데 낙엽을 보다니,
춘풍낙엽이 천지를 진동시켜
무슨 때 아닌 변고인가,
적이 가슴이 두근거렸다
[이 또한 지나가고야 말겠지만]
한때나마 봄바람이 갈바람을 가게 하는,
부드러운 간교함을 물리치는 전투에 참여한
무용담은 썩 괜찮은 그림이 됐다
춘풍낙엽이라니!
흰 것을 희다하는 바람 하나와
검은 것을 검다하는 물방울 하나가 모여
모처럼, 주인을 노예로 부리려는
국민밉상들에게 좋은 밥상 한 상 차려줬다
눈물 젖은 밥맛을 안겨줬다
[이 또한 지나가고야 말겠지만]

그러고 보면, 낙엽 지는 바람은
밖에서 불어오는 게 아니라
안에서, 찾아가는 길임이 분명하다

하늘 캔버스

나는 단 한번도,
궂거나 흐리거나—
변덕을 부려본 적이 없다.

다만, 지나가던 소가
般若心經 똥을 누거나

잠들었던 문간 개가
象形文字로 짖어댈 뿐

나는 단 한번도,
비오거나, 눈오거나—
마음 문 닫힌 적 없다.

시를 읽는 당신

목신의 오후에 내 심금을 붙잡힌 동안
무료 또한
내 잠금장치를 풀어헤쳐 놓았다
문득 들리는 그대 음성

음악이 흐르는 동안 당신은 음악이다*

시를 읽는 동안
당신은 시다, 오월을 입는 동안
당신은 오월이다, 연두 숲에 안긴 동안
당신은 연두 숲이다, 그러는 동안
당신은 당신이 아니다

시를 읽는 동안
당신은 시이고,
시는 당신이다

*빅토리아 윌리엄슨의 동명 저서에서

철학하는 꽃 -디오게네스의 부탁

난 아무것도 필요하지 않다
다만 약간만 옆으로 비켜 서 달라

당신은 지금 나의 태양을 가로막고 있다.
그것이 당신이 나에게 해 줄 수 있는 유일한 것이다.

꽃의 철학에 응답하신 당신―

대왕보다 훌륭하며
꽃보다도 아름답다!

용기와 허새鳥

밀정의 칼날을 맨손으로 잡고 놓지 않는, 동주를 읽으며
얕은 울음을 숨겼다,

현해탄에 수장되면서도 성자의 옷깃을 붙잡았다는,
후광을 받으며
깊은 우울을 숨겼다,

하늘 맑은 날, 녹슨 대포의 가늠자에 앉아
하늘 뚫어 비 내리는 참새들 컬러소음에
웃음을 숨겼다

, 나는 숨길수록 퇴화되는 날개다

심연深淵

물이 고인 하늘인 줄 알고
첨벙 뛰어들고 보니
눈물이 바다로 고인 가슴이었다

아무것도 아니면서
모두인 것마저
나는 나를 버렸다며, 잃었다며
남동풍은 거센 비바람으로 생나무가지를 부러뜨렸다

무엇으로 출구를 찾아야 할까
어디에서 입구를 찾아야 할까

쌓였거나
채웠거나
가득한 우물에서는 바람도 없이 자주 울먹이는데

행복하기로 마음먹은 만큼 행복하다*
따위의 나뭇잎 몇 개
흐르지 않는 물결에 배를 띄울 수야……

그러므로 그렇다

연기 없는 불길처럼
소리 없는 통곡처럼
닫힌 문 앞에서 서성이는 빗줄기다
사랑은……

*에이브라함 링컨

비에 젖는 숲

바람도 없이 자욱이 내리는
빗줄기, 흔들릴 신앙조차 없으면서
무엇을 바래
꽃무늬 비옷을 챙겼던가,
숲속―, 어디쯤에서
젖은 날개를 접은 채
숨죽여 떨고 있을 새들처럼;
발아하지 못한
오래 묵힌 후회와
깨진 유리창에 들이치는 기억과
찢어진 우비에 스며드는
저체온의 한기, 떨림들…
짙은 우수가 발목에 젖는구나
둥지조차 없는 새들의 안식을 따라
두려움조차 흔들리지 말자, 젖자…
바람 없는 해도를 따라
기꺼이 배를 타자, 가자…
오랜 항해를 생각하는 동안
안개 내려앉듯,
숲은―, 어디에서나
중력 없는 또 다른 하늘인데

내 안의 무주구천동

바로 여기—
나의 불출을 숨겨두다
가장 단단한 무렴이나
용퇴하지 못한 내 세상이
돌옷을 입는 곳
어느 바위쯤에
게으른 휴식을 모셔둘까
어느 숲길에, 내
들짐승 생각 홀로 쉬어가게 할까
밤낮 궁리가 모자랄 때마다
까치발을 딛고 서슴지 않고
바로 여기에 머물다
흐르다 머물다 흐르다
그렇게 절망의 발을 담그노라면
흐름과 머묾이
나를 정죄하는 곳
누구도 찾을 수 없으나
언제나 찾아갈 수 있는
바로 여기—

내 말 -'가장 아름다운 우리말'*을 담아서

아버지가 상인이었던 김수영 시인; 마수걸이 에누리 색주가 은
근짜 군것질 총채 글방 서산대 부싯돌 벼룻돌-을 가장 아름다
운 우리말 한 꾸러미로 꿰었다 모두가 시인의 몸에서 흐르는
피였다

김수영 시인을 흉내 낸 언어학자 시인 고종석; 가시내 서리서
리 그리움 저절로 설레다 짠하다 아내 가을 넋 술-을 가장 아
름다운 우리말로 꼽았다 역시 말을 부리느라 흘린 땀 냄새가
짙게 배었다

김소진의 소설 고아떤 뺑덕어멈; 자발머리없다 두억시니 몸태
질-같은 낯선 동포가, 윤흥길의 소설 장마; 되알지다 애오라지
뜨적뜨적-같은 신토불이가, 한글날 574돌을 맞아 세종학단재
단이 조사한 외국인들이 좋아하는 한글단어; 사랑 힘내 괜찮아
봄 꽃 하늘-같은 보석들이 밤하늘의 별들처럼 반짝이는데…

내가 좋아하는 우리말을 고르다가 문득 내가 싫어하는 말; 사
대주의 노예근성 식민사관 토착왜구 군사문화-같은 오래 묵은
고질병들이 낳은 사생아들; 민족분단 천민자본주의 재벌독식
지역차별 갑질폭력-같은 독버섯들이 내 말모이를 앗아간 자리;
시나브로 애면글면 고요하다-같은 씨앗들의 가쁜 숨결 사이; 시

책 길 빛―을 내지르는 비명 같은 외마디; 고독 음악 독서―등
부장품들이 묘비명처럼 나를 증언하려 했다

*조운찬(경향신문 논설위원) 「가장 아름다운 우리말」(20.10.10)에서

캣맘

쌈지공원 벤치가 하는 말;

냥이에게 과자나 달걀 주지 마세요

냥이 충치 생겨요

전용 식사만, 아시죠?

벤치로부터 환영받지 못한

한 노인—

쳇, 나도 고양이로 살 걸…!

밤길

앞서 가는 가슴이 콩닥거리자

뒤에 가는 발길이 둔전거린다

앞서 가는 불안이 뜀박질하자

뒤에 가는 무죄가 콩닥거린다

저만치―

구름과 숨바꼭질하는 달님

앞서거니 뒤서거니 行雲流水

공놀이

공은 튀어 오르기 위해 속을 비웠다

비운 자리마다 가득한

텅 빈 충만

나는 날마다 살기 위해 속을 채웠다

채운 자리마다 비워낸

꽉 찬 나이

월담선사의 죽비를 맞을 때마다

내 어깨—

진공묘유하게 튀어 올랐다

소설읽기

처음하면 누구나 첫사랑이지만

처음하는 첫사랑도 익숙해지겠지만

이따금—

가을저녁 여물 솥에 군불 때는 날처럼

봄날들녘 아지랑이 횟배 앓는 날처럼

가끔씩—

겨울한낮 함박눈에 고향 잃은 이처럼

여름내내 장맛비에 장맛 버린 이처럼

조금씩—

익숙해도 첫사랑은 첫사랑이듯이

익숙해도 누구나 처음하는 것처럼

공원의 하루

나는 꽃나무다
봄엔 모든 나무가 꽃을 흠모하듯이

무료함 때문에
무료경로식당에서 낙화를 줍지 않는
정자사냥터에서 햇볕사냥하지 않는

나는 나무그늘이다
여름엔 모든 나무가 녹음하듯이

매미울음 대신
유행가를 입지 않는
흘린 땀이 지겨워 운동복을 입지 않는

나는 변덕나무다
가을엔 모든 나무가 단풍나무이듯이

명아주지팡이에
저승꽃을 그리며 놀고
내 그림자 내가 잘라먹으며 놀고

그리고 나는 나무침상이다
겨울엔 모든 나무가 잠을 자듯이

시력 검사

검사, 하는 자가 그런다
　　오른쪽 눈을 가리세요
내 시력을 검사하겠다며
가리킴대로 대문자를 묻는다
大盜無門이라고
대답하자, 가리킴대가 중문자를 가리킨다
中立違反이라고
대답하자, 검사 못하겠다며
신경질이다, 그러다가
가리킴대를 총대삼아 나를 겨누더니
자잘한 소문자를 묻는다
無錢有罪라고
대답하자, 피검사자를 피의자 다루듯
안하무인이다
언제부터 시력 검사 이렇게 썼나?
검사, 하는 자가 그런다
　　왼쪽 눈을 가리세요
다시, 대문자를 묻자 큰소리로 대답한다
大道無門이요
중간문자를 묻자 더 큰 소리로 대답한다
中立義務요

자잘한 소문자를 묻자 고함치듯 대답한다
有錢無罪요
시력 검사,
할수록 내 시력은 더 나빠지고 있다.

시를 위하여

시를 버리기로 했다
시를 위하여, 시를 숨기기로 했다
밥을 줘야 쓰는
태엽을 감아줘야 노래하는
시를 버리기로 했다, 시를 위하여
시를 그냥 방치하기로 했다
그러자 내 손목에서 수갑이 풀렸다
모가지에서 풀기가 빠졌다
사는 데 무방했다, 그러나
숨쉬기가 나빠졌다, 시를 잊자
호흡걸음이 헝클어졌다
그래서 배꼽을 버리는 대신
아무나 차고 다니는 짝퉁을 버리기로 했다
읽지 않아도 읽는 그릇이 되느니
쓰지 않아도 쓰는 모자가 되느니
여름난로에 자전을 태우고
겨울부채로 공전을 세우기로 했다
시를 위하여, 시를 잠그기로 했다
시를 버리기로 했다

걸어가는 말

그녀와 함께 산책을 하노라면

말이 뛰어가지 않고 걸어서 간다, 대개는

정론 직필하듯이 정의네 시국이네 양심잉크를 찍다가

야한 동네 야경불침번으로 돌변하여

바보상자를 통째로 분해해 놓곤 한다

그럴 때마다 핑크빛 이발소그림에

필라멘트 끊긴 전구에 잠깐 불이 들어왔다가

금방 꺼지기도 하지만

별똥별 [流星雨]

아침, 동네 쌈지공원에 나갔다
공원 산책길이 온통 별들의 문신으로 가득했다 간밤에 다녀가
신 가을비 심술인가 했다 아닌 모양이다 어젯밤에 유성우가 한
시간에 오만 개나 쏟아졌다니 틀림없이 별들의 추락인가 했다
그도 아니었다 어머니혜성은 아들이 맞은 가을비를 틈타 아들
의 지붕 위를 그저 스쳐지나갈 뿐이었다 흔적도 없는 꿈처럼
긴가민가 기억처럼 꿈인지 생신지 흐릿하게 늙은 지붕 위를 스
쳐 지나갔다

가을, 안뜰마당에 머물렀다
연못가에 심은 단풍나무가 별들을 모두 떨어뜨렸다 봄부터 여
름 내내, 겨울마저 숨죽이지 않고 별들을 품고 살았다 이제 어
머니단풍은 그동안 키워온 별들을 떨어뜨리려 가을을 골랐을
것이다 선택은 무던했다 검은 머리를 물들이고 푸른 그늘도 지
워냈다 가을이 심호흡을 할 때마다 몸살 하듯 몸을 흔들었다
오늘밤처럼 별똥별이 비처럼 내리는 날을 골라 어머니단풍은
아들의 연못 가득 가을을 그렸다

한밤, 꿈길에 헤매었다
어머니혜성은 변함없는 길이다 늙은 지붕은 동안거에 들 것이다

다시 가을이 될 때까지 불면등불을 켜지 않을 것이다 스스로
별똥별이었고 스스로 변함없는 계절이 되어 갈 것이다 봄을 탐
해서 여름으로 이어주지도 않았다 여름에게 가을 건너편을 귀
띔하지도 않았다 스스로 이룩한 변함없는 계절 위에 별자리를
새겼다 지워지지 않지만 지울 수도 없는 문신을 새겼다 어머니
혜성이 때리는 죽비를 맞으며…

거리의 미술관

밤이 각광을 비출 때쯤이면
고층아파트 네거리는 LED등불에 비친
미술관이 선다

크리스마스카드에 실린 서양고성에는
여직 쌓인 눈발이 녹지 않은 채로
양치는 목장은 푸른 초장인 채로
목자의 어깨엔 새끼양이 얹힌 채로
화란 풍차는 멈춘 채로 돌아갈 줄을 모르는데
큐레이터는 무엇을 팔겠다는 것인지
미술관 불빛만 홀로 밝다

여직 보릿고개를 담고 있는 청보리밭에는
공중 부양한 종달새가 노래하는 채로
바람은 녹음의 머리를 풀어헤친 채로
가을 단풍길은 벌겋게 타오르는 채로
천지는 얼어붙은 채로 녹을 줄을 모르는데
큐레이터는 무엇을 사겠다는 것인지
미술관 계산대는 한산하기만 하다

그림을 외면하는 고층아파트 벽과

말문을 막아버린 거리의 미술관이
지금 한창 냉전 중이다

밤이 깊어가자
그림이 말을 하려 하자
고층아파트도 침묵으로 응수하다

민간어원설 2 -'삶'의 어원에 대하여

살다보면 삶이 된다 [그래요?]
삶다보면 몸은 간데없고 진국만 쓴맛을 부른다
참말은 참한 말일까
참나무 됫박으로 셈해본다

우리 둘째누님은 평생을 뙤약볕에 얼마나 삶아댔는지 몸 성한
곳 없어 맘 성한 날 없다 젊어 몸으로만 나대던 바깥이 석양 무
렵 돌아오더니 위암도 거뜬히 고관절골절도 무난히 넘기더니
주검도 피해간다며 삼시세끼 밥만 잘도 먹어대며 누님의 석양
놀을 삶아댄다며 성화다 삶다보면 살아진다고 역성이라도 들
라치면 되로 주고 말로 받을 지청구에 참말을 푸던 됫박을 잃
고 만다

살아보면 사람이 된다 [그래요?]
살다보면 사랑이 생기기도 하겠지만
죽다보면 주검이 생기기도 하겠지만
[명사의 씨앗은 언제나 동사]
뙤약볕에 몸을 삶지 않고서는 얻을 수 없는
내 삶의 어원―
겨우 몇 과의 사리를 닮은 시

평설

치열한 삶의 시적 성찰

—이동희 제9시집 『쓸쓸한 은유』에 붙임

허형만 (시인. 목포대 명예교수)

1

이동희 시인은 우리 시단의 대표적인 시인 중 한 분이다. 이번 신
작 시집 『쓸쓸한 은유』는 『차가운 그림문자』(시와표현, 2016) 이후
2020년에 이르기까지 5년 동안의 작품으로 아홉 번째 시집이 된
다. 이동희 시인은 시집 〈머리말〉에서 "시집 내는 일이 참 쓸쓸한
일이 되었으되 지울 수 없고 버릴 수 없는 피붙이처럼 내 시문학의
가승보家承譜를 엮는 심정"이라고 고백한다. 1985년 등단 이후 아
홉 번째 시집을 내는 심정이 이토록 가슴 저미는 일임에 공감하면
서, 그동안 오직 시 하나만을 바라보며 치열하게 살아온 삶에 경의
를 표하지 않을 수 없다.

이상호 시인은 이동희 시인의 제7시집 『뜻밖의 봄』(모아드림,

213

2013) 평설에서 첫 시집『빛 더듬이』(심상, 1987)로부터 제6시집『하이델베르크의 술통』(모아드림, 2001)에 이르기까지의 작품 세계를 각 시집마다의 평설들에서 핵심을 소개한 뒤, 이동희 시인에 대해 아래와 같이 말하고 있다.

"시에 관한 한 이동희 시인의 뚝심은 대단하다. 그는 한 세대만큼 걸어온 오래된 시인이면서 새로운 시인이고, 전통적이면서 현대적인 시인으로 여러 방면에서 다채로운 모습을 보여준다. 약력에서 보듯 삶도 시도 다 그렇다. 세상사 모든 것을 시에 담으려 하는 도전적 자세와 다양한 시적 태도로 표현적 호기심과 열정을 오롯이 펼쳐내는 것을 보면 분명 욕심꾸러기로 보이는데 사람들 사이에서는 호인으로, 양반으로 자리하는 것을 보면 순수성이 빛을 발한다."

이동희 시인에 대한 이상호 시인의 이 따뜻한 평가는 두 분이《심상》으로 등단한 각별한 인연도 있겠지만, 일찍이 송수권 시인이 아널드가 말한 양가정신兩價精神, 즉 언어의 성취도와 정신의 성취도가 조화롭게 이루어져 있다는 평가(이동희,『북으로 가는 서정시』, 모아드림, 2011), 즉 김영랑으로 대표되는 언어의 성취도와 한용운으로 대표되는 정신의 성취도를 동시에 이루고 있다는 평가는 우리가 이동희 시인의 시세계를 이해하는데 매우 긍정적으로 작용한다.

우리가 주지하듯 이동희 시인은 무한한 상상력과 동서고금을 망라하는 광범위하고도 다양한 독서량으로 열정적인 창조 정신을 선도하고 있다. 실제로 1985년에 등단하여 2년 뒤인 1987년 첫 시집『빛더듬이』(심상)를 출간한 이후 아홉 권의 시집과 세 권의 수상록, 세 권의 시 해설집, 여섯 권의 문학평론집이 이를 증명한다. 이

번 아홉 번째 시집의 방대한 분량도 이동희 시인의 끊임없는 창조력의 결과에 다름 아니다.

이번 시집은 이 앞의 시집에서 보여준 자연환경이나 현실 비판의 작품들도 있지만 특히 이동희 시인만이 갖고 있는 시에 관한 견해, 시적 언어에 대한 시인으로서의 자세가 이전의 시집에서보다 더 강화되고 육화되어 있음을 알 수 있다. 다시 말해 박경리 선생의 시처럼 "글기둥 하나 잡고/ 내 반평생/ 연자매 돌리는 눈먼 말" (「눈먼 말」)이 되어 치열한 시적 삶을 살아온 시인으로서의 시에 대한 뜨거운 사랑과 고뇌를 읽을 수 있다는 말이다.

그러면 이제 이동희 시인의 시 창작의 열정은 어디에서 나오며 창작의 원동력은 무엇인지 그 구체적인 시의 현장으로 들어가 치열한 삶의 시적 성찰이 어떻게 이루어지고 있는지 살펴보도록 하겠다.

2

이동희 시인의 이번 시집에는 1985년 등단 이후 36년 동안 오직 시에만 매달려 살아오면서 "시를 버리기로 했다/ 시를 위하여 시를 숨기기로 했다/ (…)/ 아무나 차고 다니는 짝퉁을 버리기로 했다"(「시를 위하여」)고, 시인으로서의 고뇌를 실토하고 있다. 시를 위하여 시를 버린다는 역설은 무슨 의미인가? 그것은 진정한 시인으로서 자신만의 정신과 언어로 쓰지 않은 짝퉁 같은 작품은 절대 쓰지 않겠다는 의미 아니겠는가. 그러기에 코로나19로 거리두기를 강조한 지방자치단체들이 상춘객이 몰려들지 않도록 통제하는 상황에서 시인은 "나는 오늘도 홀로 앉아/ 내 꽃잎을/ 한 잎, 한 잎,

또 한 잎/ 흐드러지게 피워내고 있다/ 써내고 있다"(「금지된 벚꽃」)고,
시 창작에 대한 열정을 보여주고 있다.

　　　나는 세상을 깔 맞춤하려 했다,
　　　로봇 닮은 공수부대원을 동원해서라도
　　　얼룩무늬로, 갈아입히려 했다
　　　그림 그리는 일이 구원이라는 귀의 화가,
　　　그의 광기처럼
　　　시가 구원일 수 있다고 믿었던 미친 시절
　　　나는 단 한 점의 시도 팔지
　　　않았다, 아니 팔리지 않았다
　　　좌판에 색깔 없는 기성복을 펼쳐두고
　　　길거리에 나앉지도 않으면서
　　　명함을 팔려 했으니, 정신을 도매하려 했으니
　　　팔릴 리가 없었다, 그때는
　　　팔리고 싶었으나, 팔리지 않았고
　　　이젠, 팔리기 싫어서 팔지 않을 뿐─
　　　그래서 박리다매를 붉은 잉크로 그리지 않으며
　　　원가판매를 하얀 먹을 찍어
　　　입춘 축처럼 내걸지도 않는다
　　　펜은 파리 한 마리 잡을 칼도 아니어서,
　　　붓으로 구성궁체九成宮體를 연습할 수도
　　　없어서, 이젠 내 로봇들이 나의 병영에서
　　　탈출해도 방관할 뿐─
　　　원고지 칸칸마다 자물쇠를 채워도
　　　달아나는 노을의 틈새마다 시간의 상처를
　　　흘리고야 만다, 그리고 보면
　　　어느 길목에서인가, 모두가
　　　깔 맞춤으로 유니폼을 갈아입을 뿐─

그때를 위해
이리 오래 무명의 좌판을 펼친 건
아니었다, 다만 아직도 그려야 할
저리 살아갈 젊은 노을을 지켜볼 뿐—

─이동희 「젊은 노을-연가 18」 전문

이동희 시인의 시인으로서의 삶이 잘 표출된 작품이다. 이동희 시인은 김자현의 시를 논한 자리에서 결론적으로 그리운 것들이 많은 사람, 그리운 시절이 많은 사람, 그리고 그리운 사람들을 많이 간직하고 있지만, 스스로는 늘 텅 빈 충만으로 가득한 사람이 '시인'이라고 규정한 바 있다. 우리가 이 말에서 '텅 빈 충만으로 가득한 사람'이라는 말에 동의하고 고개를 끄덕이다 보면 얀 무카로브스키가 규정한 '시인'이란 뚜렷하게 심미지향적인 발화를 창조하는 사람이란 말도 이해하게 된다.

이동희 시인은 시인의 소명감으로 세상을 자신의 시로 깔 맞춤하려 했던 적이 있다. 귀의 화가인 고흐가 그림 그리는 일이 구원이라고 했던 것처럼 "시가 구원일 수 있다고 믿었던 미친 시절"이 있었으나 올곧고 참된 정신으로 무장된 순수 시인으로서 "단 한 점의 시도 팔지 않았다". 팔리지도 않았지만, 한사코 억지로 팔려고도 하지 않았다. 한때는 시인이라는 명함을, 시정신까지 도매하려 했던 부끄러운 과거에 대해 고해성사를 하면서 그리하려고 "이리 오래 무명의 좌판을 펼친 건 아니었다"고 말한다. 이 작품은 "젊은 노을"을 지켜보는 시인 자신의 시적 삶이 우리로 하여금 가슴 저미게 한다.

왜 그렇지 않으랴. 이동희 시인만큼 열정적으로 시적 삶을 살아온 시인도 드문 시단에서 스스로 자존심도 내려놓고 "무명의 좌판"을 깔았다니. 그리고 보니 이동희 시인은 자신의 작품을 "내 무명시"(「스타게이트」), "무명한 시"(「조명탑 수리공」), 그리고 "유명한 무명시인"(「난민難民」)이라거나 "가수보다 더 유명한 원류무명 시인"(「내 가난한 시 1」)으로 말하는 「내 가난한 시」연작은 오히려 '내 풍요로운 시'의 연작이며 동시에 시인으로서 자신과 독자를 향한 겸손의 다른 이름임을 알 수 있다. 그러기에 우리는 이동희 시인이 시집 『차가운 그림문자』(시와표현, 2016) 〈시인의 말〉에서 밝힌 "나는 부제가 아니고 주제다. (…) 나는 부제가 될 수 없는 주제다. 詩다"라는 말에 전적으로 공감하지 않을 수 없다.

> 말을 다듬어 시를 요리하는 주방에서
> 누군가 뜬금없음을 띄운다
> [실은 가장 곤란한 조리법이긴 하다]
>
> 내재율이 뭐예요—?
>
> 누가 저 굶주림으로 가득한 몸에
> 찰랑거리는 포만을 채워줄 수 있을까
>
> 때마침 겨울 창밖에 눈보라 흩날리는
> 낙화 혹은, 나비 떼를
> 춤추는 바람결로 불러들이는 이라면
> 먹감나무 도마 위에서 차진 어감語感을 여러 겹 접어
> 칼국수를 치는 이라면
>
> 또 있다—

고상은 멀고 다급한 식곤食困으로
묽은 언어를 박달나무 주걱에 얹어 놓고
숟가락 거꾸로 잡고 뚝~! 뚝~! 뚝~!
언어의 살집을 끓는 물에 끊어 넣는 이라면

그의 허기는 이미;
더운 김 모락거리는 칼국수 한 그릇의 바람결이나
수제비 한 뚝배기의 포만으로
어렵지 아니하게 점령당하게 될 것이다

더불어, 세상을 노래하며
배부른 배고픔을 요리하게 될 것이다.

─이동희 「칼국수와 수제비」 전문

프리드리히 니체의 시에 「바보여, 시인이여」라는 작품이 있다. 니체는 그 작품 속에서 "그러므로/ 그대 시인의 동경은/ 독수리 같고, 표범 같고/ 그대의 동경은 수천의 탈을 쓰고 있다./ 그대 바보여, 그대 시인이여…"(김재혁 역)라고 시인을 진지하게 부른다. 그리고 "그대가 ─진리의 청혼자인가?"하고 묻는다.

위의 시에서 이동희 시인은 주방에서 "말을 다듬어 시를 요리하는" 사람을 시인이라고 규정한다. 누군가 뜬금없이 "내재율이 뭐예요─?"하고 물어 왔을 때 "내재율"이라는 지식─진리에 굶주린 그 누군가에게 "찰랑거리는 포만을 채워줄 수" 있어야 하는 시인은 '수천의 탈을' 쓴 '바보'임에 틀림없다는 사실을 잘 안다. 이동희 시인은 시인을 세 부류, 즉 "때마침 겨울 창밖에 눈보라 흩날리는/ 낙화 혹은, 나비 떼를/ 춤 추는 바람결로 불러들이는 이", "먹감나무 도마 위에서 차진 어감語感을 여러 겹 접어/칼국수를 치

는 이", 그리고 "고상은 멀고 다급한 식곤食困으로/묽은 언어를 박
달나무 주걱에 얹어 놓고/ 숟가락 거꾸로 잡고 뚝~!, 뚝~!, 뚝~!/
언어의 살집을 끓는 물에 끊어 넣는 이"로 비유하고, 시인이 만들
어낸 "더운 김 모락거리는 칼국수 한 그릇"과 "수제비 한 뚝배기"
가 곧 시 작품이라고 비유하고 있다. 결론적으로 시인은 "더불어,
세상을 노래하며/ 배부른 배고픔을 요리"하는 사람임을 천명한다.

앞에서 '시인이란 뚜렷하게 심미지향적인 발화를 창조하는 사람'
이라고 한 얀 무카로브스키의 말을 인용한 적이 있다. 심미지향적
인 발화를 창조한다는 말은 곧 사르트르가 『미학』에서 '시는 언어
의 미를 추구하는 예술'이라고 말한 것과 같은 의미이다.

미학이란 곧 감성학이지 않던가. 이동희 시인 식이라면, "말을
다듬어 시를 요리"하는 것이며 "언어의 살집을 끓는 물에 끊어 넣
어" 부드럽게 하는 것에 다름 아닐 터. 그래서 이동희 시인은 자
신 스스로 "나를 만들어 나를 허무느라/ 불행마저 머물 틈이 없긴
없"(「행복」)지만 "지우다 쓰다 지우는 나날"(「오염된 시간」)을 보내
면서, 인생 항로에서 "나의 사공은 바로, 나였음을-"(「토마토주스」)
확인하곤 한다. 왜냐하면 시인으로서 "나를 분리 배출하는 새벽/
나를 비운 가장 낮은 처소에서"(「지상의 뜀박질」) "슬픔을 감추는
게/ 기쁨 속이기보다 어려울까, 쉬울까/ 내겐 슬픔 속이기가 더 곤
란하다"(「쉬운 남자」)고 솔직하게 고백할 줄 아는 티 없이 맑고 순
수한 영혼의 소유자이니까.

3

이동희 시인에게 작품 창작의 원동력은 무엇인가? 그것은 아마

도 광범위하고도 다양한 독서량에 있지 않을까 싶다. 작품마다 인
용된 수많은 책이 그렇고, 송수권 시인이 "인접 장르를 넘나드는
통 큰 시인"(시집 『북으로 가는 서정시』, 모아드림, 2011)이라고 인정
할 만큼 "책의 감옥에서 종신형을 산다 해도/ 나는 나를 훼손하
고야 말 것"(「훼손도서전시회」)이라고 책에 대한 애착을 표명하고
있음에서다. 시인 스스로도 '내가 나를 보는 길', '내가 나를 찾는
길'이 어디에 있는지 "책을 뒤지고/ 사람의 갈피를 헤집고"(「단풍
나무를 배경으로 사진을 찍다」) 다녔음을 고백할 정도로 독서광임을
숨기지 않는다. 또한 "잎을 피워 나를 만들고/ 줄기를 벋어 나를
세우고/ 열매로 떨어져 나를 지우고/ 잠들기 위해 깨어 있는 낮처
럼/ 일어나기 위해 서 있는 동녘처럼/ 나는 한 그루 책"(「책부자」)
이라고 자부한다. 이와 같은 자부심은 곧 시인의 시정신으로 녹아
들어 시 쓰는 원동력이 되고 있다.

　　　푸름이 지천인 동네 쌈지공원을 걷는데
　　　서너 걸음 앞에서
　　　웬 멧새 한 마리
　　　쇠뜨기, 그 줄기 같지도 않은 풀잎을 활주로 삼아
　　　내려앉는다[불시착이었을 것이다]
　　　놀람은 급수가 없다
　　　핵무기 방아쇠에 이념을 얹는 것이나, 방사능이
　　　밥상머리 수입 생선을 경제로 마감했을지라도
　　　[놀람은 식욕 앞에서 묵언 수행 중이다]

　　　멧새 한 마리의 연착륙
　　　멧새 한 마리의 무게를 견디어내는 쇠뜨기
　　　무거운 가벼움과

가벼운 무거움에, 깜짝 발걸음을 멈추는 것
놀라워라—

무거운 슬픔을 장미꽃으로 매질할 수 없듯이
가벼운 기쁨에 황금 메달을 걸어줄 수는 없는 것
놀람은 가불이 없다

방아쇠 가늠자 위에서도, 쇠뜨기 풀잎 활주로에서도
이념 까짓것, 연착륙하고야 마는
웬 멧새 한 마리

—이동희 「시를 쓴다는 것」 전문

    이동희 시인이 시를 쓴다는 것은 멧새 한 마리가 하늘에서 지상
으로 연착륙하는 것과 같다는 놀라운 발견과 같다. 시인은 동네 쌈
지공원을 걷다가 서너 걸음 앞에서 멧새 한 마리가"쇠뜨기, 그 줄
기 같지도 않은 풀잎을 활주로 삼아/ 내려앉는"광경을 목격한다.
멧새가 불시착이었을 거라고 생각은 하지만, 자연스럽게 내려앉는
모습을 목격했을 때의 놀라움. (놀라움에는 급수가 없다고 했다)
    "멧새 한 마리의 연착륙/ 멧새 한 마리의 무게를 견디어내는 쇠
뜨기/ 무거운 가벼움과/ 가벼운 무거움에, 깜짝 발걸음을 멈추는
것". 아하, 이것이 바로 시를 쓰는 것임을 시인은 깨닫는다.
    이 유레카Eureka 체험이야말로 이동희 시인의 시 창작을 더욱
단단하게 하는 힘이 된다. 멧새를 통해 시 창작의 힘을 통찰한 시
인은 "밤마다, 때로는 새벽에도, 아니/ 벌건 대낮, 비바람 눈보라
치는 나쁜 날에도/ 뜨거운 꽃"(「시를 기다리면서」) 즉, 시가 피기를
기다린다. 그리하여 마침내 자동 발화하는 시심詩心의 스위치가 켜

지면 그 섬광의 홑씨로 자신을 산화시킨다. 비록 "열 번의 도끼질/ 백 번의 편지질/ 천 번의 삽질 끝에/ (…)/ 길어 올리고 보니, 두레박에는/ 겨우 잠에서 깨어난 몇 점/ 시들이"(「한 우물」) 찰랑거리고 흔들린다 해도 오직 시라는 한 우물만 길어 올리는 것이다.

한겨울
지리산 가슴팍을 돌아 나오느라
귀를 잃었다면
구례장터 국밥집에 들러볼 일이다
왕소금처럼 성긴 눈발이
얼어붙은 생선 좌판에 뿌려지듯이
펄펄 끓는 돼지국밥 뚝배기에
아~ 좋다, 겨울 눈발이 좋다~!
해싸며 간을 맞출 일이다
나는 왜 너처럼
저 시린 겨울 장터에 좌판을 차리지 못하는가
왜 귀를 잃고 생채기마다
뜨거운 국밥 김을 쐬려 하는가
묻지 않는 방법으로 물어보라
그럴 때마다 혀는 데이지 않게
차가운 소주로 살살 달래가며
우리가 차린 시의 좌판,
그 성긴 차림표에 울컥하는 순간마다
목 넘김 부드러운 19도 5분에
나를 팔아보라, 물어보라
내 육신을 녹이느라 들어오는 것들이
그냥 눈발을 덮어쓰는 것이 아니다
아니다, 아니어야 한다

단 한 순간의 눈발도
단 한 숟가락에 얹힌 비계도
희생 아닌 것이 없음을
하얀 국물처럼 순교 아닌 것이 없음을
구례 겨울 장터에 내리는 눈보라
더운 국밥 김 속에서
어른거린다, 매운 연기처럼…

—이동희 「장터국밥」 전문

시인이 시를 쓴다는 것은 사물을 환기하는 일이 아니라 사물의 부재를 환기하는 일이라는 블랑쇼의 말을 떠올리게 하는 이 작품은 한겨울 지리산 등반을 마치고 귀가 꽁꽁 얼 정도로 추운 날 몸을 녹이기 위해 구례장터 국밥집에 들르는 일로 시작된다. 국밥집에서 "펄펄 끓는 돼지국밥"에 "19도 5분" 소주를 곁들이노라면 추위와 출출함이 저절로 녹아들지 않겠는가. 그러나 이동희 시인은 단순하게 장터국밥 먹는 정황만을 환기하는 게 아니라 시린 겨울 장터에 차려진 좌판에서 "시의 좌판"을 환기한다.

시인은 스스로에게 묻는다. "나는 왜 너처럼/ 저 시린 겨울 장터에 좌판을 차리지 못하는가/ 왜 귀를 잃고 생채기마다/ 뜨거운 국밥 김을 쐬려 하는가"하고. 그러니까 진정한 시인이라면 한겨울 구례장터 국밥집의 펄펄 끓는 돼지국밥처럼 "시의 좌판"을 벌여놓고 "그 성긴 차림표"로 춥고 힘들어하는 독자들에게 따뜻함과 안식을 주어야 할 것 아니겠느냐는 물음인 셈이다.

시인이 차린 이 시의 좌판 "그 성긴 차림표에 울컥하는 순간마다/ 목 넘김 부드러운 19도 5분" 소주 한 잔으로 눈발을 뒤집어쓴 육신을 녹이는 독자를 상상해보라. 뜨거운 돼지국밥을 먹으면서 "

단 한 숟가락에 얹힌 비계도/ 희생 아닌 것이 없고""하얀 국물처럼 순교 아닌 것이 없음"을 깨닫듯 시인의 희생과 순교 정신에 독자는 마침내 감동하리라. 그러면 "구례 겨울 장터에 내리는 눈보라"속에 "매운 연기처럼""더운 국밥"같은 시는 어떻게 쓸 것인가?

이동희 시인은 우선 "신선한 꿀을 찾아/ 이 꽃에도 앉아보고 저 꽃에도 핥아보"(「유목양봉 遊牧養蜂」)는 벌이 밀원을 찾아 떠나듯, 신선한 언어를 찾도록 노력해야 한다고 말한다. 나아가 시인으로서 언어에 대한 인식이 얼마나 중요한가에 대해서도 강조하는데, 가령 "보고 싶다는 것/ 그리워한다는 것, 혹은 사랑한다는 것은/ [그럼에도 불구하고] 지워질 수 없는 시어로/ 줄기차게, 줄기차게/ 그림을 그리는 일"(「그리움이라는 것…」)이라든가, "내가 좋아하는 우리말을 고르다가 (…) - 시나브로 애면글면 고요하다 - (…) 같은 씨앗들의 가쁜 숨결 사이: 시 책 길 빛 -을 내지르는 비명 같은 외마디: 고독 음악 독서 -등 부장품들이 묘비명처럼 나를 증언하려 했다"(「내 말-가장 아름다운 우리말을 담아서」)와 같이 아름다운 우리말 사랑 정신을 간직하는 것들로, 다음과 같은 작품이 구체적으로 증명하고 있다.

말은 제 스스로
제 씨앗을 보여주기도 한다

새로움—이라 쓰다가 깜짝 놀라며
그의 씨앗을 셈했다

누구는 이름씨의 꼬리가

여우꼬리처럼 살랑댄다고, 별것 아니라고
마른 고개를 돌리기도 하지만

움— 그 몸, 그 눈맛을 무슨 물감
어떤 묵힌 붓으로 그릴 수 있으랴!

때마침, 겨울 뒤끝을 바라보다
안에서 꿈틀대던 말씨가 움을 틔웠다
봄—

— 이동희 「말씨」 전문

말에도 씨가 있어 시인은 늘 이 말의 씨를 잘 고르고 다듬어야
한다. 현대 프랑스 비평계의 거목인 마르셀 레몽은 "날 것 그대로
의 요소들을 한데 모아 껍질이 거친 언어로 간신히 맞추어 놓은 작
품이 '시적' 감동을 일깨우고 그 계속성을 보장할 수 있을까?

이것은 기껏해야 시의 재료에 지나지 않는다는 의혹을 금할 수가
없다"고 말한다. 그만큼 시에서의 언어-말의 쓰임이 중요하다는
의미이며, 엘리아르의 말처럼 영감을 불어넣어주는 사람이 시인이
라면 말에 영혼을 불어넣어주는 사람도 곧 시인이라는 의미이기도
하다.

그리고 보면 이동희 시인은 마르셀 레몽이나 엘리아르가 말하는
언어-말의 중요성을 누구보다도 잘 깨닫고 있는 시인이다. 왜냐하
면 "말은 제 스스로/ 제 씨앗을 보여주"고 있음을 간파하고 있기
때문이다. 예컨대 "새로움"이라는 말을 쓰다가 깜짝 놀라며 이 말
의 씨앗을 셈한다. 그리하여 이 "새로움"이라는 말의 씨앗은 "움"

이라는 이름씨임을 발견했고, "봄"은 "움"이 싹을 틔운 "새로움"의 말씨로 연결됨으로써 시적 사유와 명상이 한 편의 시를 탄생시키는데 얼마나 중요한 역할을 하는지 증명하고 있는 것이다.

봄은 소생, 부활, 쇄신의 이미지를 내포하고, 봄비는 수액이 흐르고 새 움이 트는 것을 도와준다. 이동희 시인은 "시는 죽으라고 안 써지는데 (…) 봄비는 죽으라고/ 시를 쏟아내고"(「봄비는 죽으라고」) 있다는 은유를 통해 봄비는 시라는 움을 틔우는 희망적인 선물임에도 정작 시인은 시가 써지지 않음을 탄식하고 있는가 하면, "한 뼘 땅속에 숨은 나 (…) 한 꽃송이 피우는 한 곡조를 찾는"(「트러플 탐지견」) 충견으로 '시'를 대체시키며 "어디선가 반짝거리고 있을/ 내 안의 시"(「녹음천지」)를 찾는다. 그리고 시를 쓴다. "날마다 나를 풀어 잉크를 만들어/ 어쩌다 아침 이슬을 시작하는 날-처럼/ 만년의 필을 기록하는 일"(「일기」)을 멈추지 않고 "고쳐 쓰고 다시 쓰는 떨림 떨림"(「연습」)으로 시인에게는 삶의 어원인 "겨우 몇 과의 사리를 닮은 시"(「민간어원설 2」)를 추려내기에 여념이 없다. 그리하여 "누군가의 내재율로 발효되어/ 고소한 시가 되리라"(「어떤 선물」)고 다짐한다. 이것이 곧 시인으로서의 책임감이며 동시에 사명감이지 않겠는가.

■ 이동희 [아호 : 油然]

· 전주출생. '85년 시전문지『心象』신인상에 당선되어 문단에 등단. 시인, 문학평론가, 문학박사

· 전주영생고등학교, 전주교육대학교와 전주대학교사범대학(국어교육과)을 졸업하였으며, 고려대학교교육대학원(국어교육전공)에서 석사를, 조선대학교대학원(국어국문학과)에서 문학박사학위를 취득하였다.

· 초등학교 교사 5년, 중등학교 국어교사 33년, 대학교수 12년, (현)문예대학교수 등 평생 교편을 잡고 살았으며, 교편을 잡은 채 살고 있다.

· 전주대학교 사범대학 겸임교수, 전북시인협회장, 표현문학회장, 전주풍물시동인회장, 전북문인협회장, 심상시인회장 등을 역임하였으며, 현재 유연문예교실, 부안문예창작반 지도교수로 활동하고 있다.

· 저서: -〈시집〉으로『빛더듬이』('87.심상사)『사랑도 지나치면 죄가 되는가』('98.도서출판 둥지)『은행나무 등불』('01.현대시)『벤자민은 클래식을 좋아해』('05.시선사)『북으로 가는 서정시』('11.모아드림)『하이델베르크의 술통』('11.모아드림)『뜻밖의 봄』('13.모아드림)『차가운 그림 문자』('16.시와 표현)『쓸쓸한 은유』('21바밀리온)등이 있으며,

-〈수상록〉에『숨쉬는 문화 숨죽인 문화』('98.도서출판둥지)『우리 시대의 글쓰기』('06.수필과비평사)『시심으로 읽는 세상』(18.흐름) 와,

-〈시해설집〉에『누군가 내게 시를 보내고 싶었나봐』('05.도서출판흐름)『시의 지문 1. 우리 옛 시의 재발견』('16.흐름)『시의 지문 2. 우리 현대시의 재발견』('16.흐름) 와,

-〈문학평론집〉에『문학의 즐거움 삶의 슬기로움』('01.신아출판사)『문학의 두 얼굴』('11.도서출판.작가)『임꺽정과 서사문학 연구』('11.디자인.흐름)『시를 읽는 몇 가지 방법』('16.흐름)『시의 지문 1-우리 시조의 재발견』('16.흐름)과『시의 지문 2-우리 현대시의 재발견』('16.흐름)등의 저서가 있다.

-2002년 〈국악실내악단-한음사이〉에서 창작곡『전주십경-전주십미』전작 가사 작시.

-2004년 창작 칸타타 〈루갈다〉 전작가사를 작시하고, 한광희가 곡을 붙여 공연하였다.

-2010년 창작칸타타『단야 아가씨』를 작시하고 한광희가 곡을 붙여 공연하였다.

· 〈수상실적〉 전북문학상(2000), 표현문학상(2001), 전주시예술상(2002), 목정문학상(문학부문2008) 자랑스러운 전북인대상(문화예술부문,2016), 2019년에 〈제35회 윤동주 문학상〉(2019)수상.

· [연락처] (55065) 전주시 완산구 소태정 4길(효자동 2가 1321-3) 〈린다네집〉 301호
  063-236-0536 / 010-9966-0537 *E-Mail: poetldh@hanmail.net

쓸쓸한 은유

초판인쇄 | 2021년 8월 10일
초판발행 | 2021년 9월 24일

지 은 이 | 이동희
펴 낸 이 | 김한창
펴 낸 곳 | 도서출판 바밀리온
주　　소 | 전주시 덕진구 기린대로 359, 2층
전　　화 | (063) 253-2405
팩　　스 | (063)255-2405
이 메 일 | kumdam2001@hanmail.net

인쇄제본 | 새한문화사
주　　소 | 경기도 파주시 광인사 길 211-2

출판등록 | 제 2017-000023
I S B N | 979-11-90750-12-7
정　　가 | 15,000원

이 도서의 국립중앙도서관 출판예정도서목록(CIP)은 서지정보유통지원시스템 홈페이지 (http://seoji.nl.go.kr)와 국가자료종합목록 구축시스템(http://kolis-net.nl.go.kr)에서 이용하실 수 있습니다. (CIP제어번호 : CIP2020047666)

* 이 책은 (재)전북문화관광재단 2021년 지역문화육성지원사업에 선정되어 보조금을 지원받은 사업입니다.

Printed in KOREA